都在一只船上

孙豫鄂 著

图书在版编目（CIP）数据
都在一只船上 / 孙豫鄂著. -- 北京 ： 中国文联出版社，2018.1
ISBN 978-7-5190-3328-6
Ⅰ. ①都… Ⅱ. ①孙… Ⅲ. ①中国文学－当代文学－作品综合集
Ⅳ. ①I217.2
中国版本图书馆CIP数据核字(2017)第311402号

都在一只船上

作　　者：孙豫鄂
出 版 人：朱　庆
终 审 人：奚耀华　　复 审 人：王柏松
责任编辑：周小丽　　责任校对：赵哲安
封面设计：東方朝阳　　责任印制：陈　晨
出版发行：中国文联出版社
地　　址：北京市朝阳区农展馆南里10号，100125
电　　话：010-85923036（咨询）85923000（编务）85923020（邮购）
传　　真：010-85923000（总编室），010-85923020（发行部）
网　　址：http://www.clapnet.cn　　http://www.claplus.cn
E - mail：clap@clapnet.cn　　zhouxl@clapnet.cn
印　　刷：北京长宁印刷有限公司
装　　订：北京长宁印刷有限公司
法律顾问：北京天驰君泰律师事务所徐波律师
本书如有破损、缺页、装订错误，请与本社联系调换
开　　本：880×1230　　1/32
字　　数：130千字　　印 张：6
版　　次：2018年8月第1版　　印 次：2018年8月第1次印刷
书　　号：ISBN 978-7-5190-3328-6
定　　价：46.00元

目录

纪实文学

散文

中篇小说

鸣谢

本书献给我的爸爸妈妈，是他们在我成长时期精心呵护培育我，在我青壮年时期容忍我的任性、刻板和远离，在我年过花甲时候给我心疼照顾他们的幸福。本书也献给我的女儿，她一出生就成了我精神大厦的顶梁柱、学习和工作的动力及幸福的重要源泉。感谢她8年前和病魔英勇抗战，一次次突破化疗枪林弹雨的围剿，在她生命的山岗上插满健康的旗帜，在我生命的土地上洒满温暖明亮的阳光。本书《都在一只船上》一文里有很多片段来自女儿的手记。

都在一只船上

作为海漂，我每天下班回家的第一件事情是打开电脑，登录QQ，跟远在湖北十堰老家的女儿说声“晚上好！”

登录QQ对我来说，意味着打开我小屋的所有门和窗，让亲情友情一下子涌进来；意味着登上上海到十堰的直通火箭，瞬间我就能闻到家乡的芬芳！

当女儿有空时，我们会聊一会儿天，这是对我一天紧张劳累最有效的松弛剂和解乏剂，是对我一天工作的最好的奖赏。女儿没有空的时候，我会去她的空间看看她的动态、日志或是新上传的照片，从中我也会得到很多的安慰。

今天她在QQ空间里告诉大家，她的文章发表在昨天《十堰日报》第六版，我赶快点击了她提供的链接，阅读了女儿的大作。

对于大多数来十堰市人民医院就诊的人来说，市人民医院只是一个插页。而对于我而言，十堰市人民医院却是一个篇章。那里记录着我的痛苦、我的幸

福、我的柔弱和我的坚强……

女儿的文章把我拉回到了三年前的日子，那时候我们心脏的每一个细胞都饱尝刀割针刺一样的痛，我们的心腔里涌动着浓厚强烈的爱，包围我们心脏的心包腔内荡漾着齐心协力、同舟共济的情怀！

1. 惊雷

结婚前就发现我的右脚莫名其妙地肿，因为我的皮肤比较敏感，我以为是蚊虫叮咬引起的反应。后来肿胀从右脚转移到左脚，还奇痒难忍，再后来发展到右脚踝处长出一个透明的水疱，越来越大，不小心碰破后流水不止。而且脑袋后面莫名地长了两个硬疙瘩，不疼不痒地矗立在那里。为了婚礼，我无暇去医院仔细检查，当然，没去医院检查也是因为我对自己身体的充分相信。

直到婚后第三天回门儿后，我才去医院。我不知道该看什么科，就去了手足科。跟医生简单地说了病情，医生说：估计是累的，回去休息两天再来。我和老公回了家，等待。

婚礼正好在十一假期举行，为了不耽误上班，雪夜没有请婚假，假期结束就去上班了。那天我突感浑身无力，胸闷气短，我以为是在家一天憋的，就独自一个人去外面透透气，可是没走到 10 分钟，我就觉得自己要倒下了。我硬撑着往家赶，回到家脱下外衣，才发现手腕处也肿胀起来，我这才觉得情况

不好，赶紧给雪夜打电话说我不舒服，让他赶紧回来。

他下班就往家赶，回到家询问了我的情况，饭都没吃就带我上医院。我们挂了急诊号。急诊内科的医生问了病情，说，慢性病应该白天来。雪夜急了，说：你不用看病，看看该做点什么检查，我们全做，如果没啥大事，我们明天再来。医生开了一大堆的单子。雪夜扶着虚弱的我一项一项地检查，每出来一个结果，只要是好的他就长出一口气。

原本5分钟可以出结果的血常规，半个多小时过去了还没有出来。我们很焦急地询问，检验科医生一边忙碌着，一边反复问我们最近做过体检没有。我的心一下子沉了下去。他把雪夜叫到一边说，拿着单子去找医生，我已经给他打了电话了。

我们急忙赶到急诊内科医生办公室，医生看了血常规的单子，把雪夜叫到办公室的内室里面，我依附着门，隐约听到点内容：“白细胞太高，需要进一步检查。”

雪夜沉重地走了出来，拉着我走到外面的椅子上坐下，压抑地说：医生说要做骨髓穿刺检查，是血液上有点问题，不过没有确诊。我一下子瘫软了，我的脑海里出现了三个字：白血病。这三个字那样地惨白，久久不肯从我脑子里离去。

我抱着头号啕大哭起来，雪夜哽咽地说：“别哭了，我们去别的医院再检查一遍。”

而我已经站不起来了，他只有搂着我坐着。他拉着我的手对我说：“别怕，有病我们治，怕有什么用，我会一直在你身边的。”

我渐渐平静了点，拿起了电话，给远在上海的母亲打电话，听到母亲的一声“喂”。我再次崩溃，大声哭道：“妈妈，回来啊，我生病了，血液病。”我的哭声淹没了我的语言。

我又给爸爸电话，请他赶紧去另一家医院等我。

可是化验结果并不会因为被这么多人关爱着就不那么冰冷了，第二家医院化验结果依然是白血球很高，医生找爸爸和雪夜谈话。然后给我打消炎针。大家的神情紧张茫然。

而我已无暇安慰别人，也听不进去任何人的安慰了。只有低着头，一直哭一直哭。

2. 确诊

第二天，我的身体跟着家人去了熟悉的医院，准备做进一步的检查。我的心此刻还在茫然，仍然想逃避。

骨穿？什么是骨穿？我怕疼，能不能不做？从所有人坚毅的眼神中，我知道我必须忍受。我侧躺在床上，一条腿弯曲，医生在我盆骨处按压，找到准确的下针位置。而此刻我已经怕得瑟瑟发抖，闭着眼睛，紧紧抓住枕头。我知道我要坚强，我也必须坚强。

医生在做骨髓穿刺时一直在跟我说话，减轻我的紧张和恐惧。因为打了局麻，所以当时没有我想象的那么痛。我被雪夜扶起来，他问我疼吗？我说还好，就是很怕。他说不怕不怕，常规检查而已。结果需要在下午才出来，我一刻也不想待在医院，我想要回家。

回到家我顿时觉得很疲倦，雪夜陪我躺下，紧紧地抱着我，他知道我怕，我也能感觉到他强忍着心痛，牙齿咬得嗞嗞响。我的眼泪再一次流了下来，哭着哭着我睡着了。

等醒来的时候，爸爸已经拿到了结果来找我。他把雪夜叫了出去，说："准备一下，要住院。"

我赶紧跑出去，天真地问到："不住院行吗？我每天准时去打针，我不想住院。"

爸爸严肃地跟我说："不行，必须住院，病已经确诊了，只是分型还没有出来，标本送到武汉了。你先去医院住下，你妈妈今天夜里就赶回来，她会跟医生讨论治疗方案的。"

我不再说话了。妈妈是医生，我从小在医院里长大，身体一直很好，连感冒闹肚子都没有麻烦过除妈妈以外的医生，更别说住院了。

我想生活从此改变了，以后的生活一定很暗淡、惨白。

爸爸哽咽地跟我说："孩子，爸爸要说两点：第一，你确诊是急性白血病，幸运的是你暂时没有生命危险；第二，既然生病了我们就要好好治疗，钱的事情，你不用操心。就是你要吃点苦了。你要坚强，一定要挺住，爸爸妈妈就你一个孩子。"

我呆呆地依偎在雪夜的怀里，傻傻地跟爸爸说："只要我能好，我不怕苦，不怕疼。"

那天晚上，雪夜抱着我，我也紧紧地抱着他，生怕我一松手，他就跑了。我们不想多说也不敢多想。在我们的心里，以后的生活是未知的，是不可想象的。虽然我们决定积极接受治疗，但是我们是凡人，我们不可能不担忧。

3. 上战场

第二天早上8点，妈妈下了火车就直接赶到医院来。她包都

没来得及放就奔向了医生办公室。雪夜赶紧爬起来帮我梳洗。

过了很久，妈妈进来了。她坐在我床边说："今天开始上化疗了，等一下心电图室和B超室的医生过来给你做床边检查，麻醉科医生过来给你做深静脉置管穿刺。你要好好地接受治疗。"

等等，怎么这么晕啊，什么是化疗，什么是深静脉置管穿刺？在我的印象中，化疗是一种非常可怕的治疗手段，不仅让人掉头发、恶心呕吐，还会极度地摧毁人的身体。

妈妈解释说，化疗是"化学治疗法"简称，就是平常的打针输液。只是输进去的药物具有一定的毒性，在杀死坏细胞的同时也会损伤正常的细胞。

妈妈跟我解释的时候，雪夜一言不发地在手机上搜索着，然后将搜索的结果拿来给我看。他跟我说："现在我们必须面对疾病，和疾病抗争。"我别无选择，这一仗我必须要打了。

爸爸也在我上化疗前赶来了，他拿了一个单反相机。妈妈对我说："趁你美发还没掉，我们一起拍个照吧。"

不要，不要。我拼命地拒绝。我害怕这样的感觉，我不要这样苍白的记忆，我哭着跟他们说我不照。7天前，也就是我结婚的那天，我留给所有人包括我自己最美好、最美丽的记忆，我不要现在这样悲伤的记忆。

医生们来了。我也脱下了我新婚的衣服，换上了宽大的睡衣，躺在病床上。做心电图和B超检查没什么痛苦。麻醉医生来给我做穿刺的时候我闭上了眼睛，用我的手紧紧抓住雪夜的手。麻醉医生先一点点地探索深静脉穿刺的方位，再把白色的手术巾铺在我的前胸，然后就是冰凉的碘酒在锁骨下方一圈圈画圆。一针麻药没能让我放松，我对穿刺的恐惧胜过了穿刺引起的疼痛，

我的头偏向一侧，我不愿意看见医生用的仪器和那用力的表情。

“啊，好疼。”我突然感觉在医生手指下方的那片区域有种刺骨的疼痛，我叫了出来。医生马上安慰道，别紧张，你对疼痛比较敏感啊，我再给你上点麻药。我的眼泪唰的流了下来，也不知道为什么眼泪就这样停不住。雪夜赶紧抓紧我的手，轻声说：“别怕别怕，很快就好了，要坚强。”

“还疼吗?”医生问道。我摇摇头，我根本没有力气大声地回复他。一直关注我神情的雪夜马上回复医生：“不疼。”补充了麻药后真的感觉不到疼痛，但是却很真切地感觉到有种异物通过我的皮肤，我的骨肉，直至我们肉眼看不见的所谓的深静脉。

“回血了，宝贝，马上就好了。”雪夜松了一口气，对我说道。这时的我，才慢慢地恢复意识。我感觉到了医生在做缝针和收尾的工作，我慢慢地张开了模糊的眼睛，不知道是我的眼泪，还是家人的眼泪在闪动。

完成置管，妈妈送走了麻醉科医生，又迎来了打针的护士。一张约 25 公分长的输液单，随便数数都有十几种药物，我不想询问也不想反抗，我知道我现在只有服从。

化疗正式开始，护肝的、护胃的、止吐的、消炎的，先驱部队药物慢慢地进入了我的身体，我并没有感觉到身体有什么异样，我慢慢地放松自己，不知何时睡着了。

“上化疗药了。”护士的一句话让我猛然一惊。250mL 无色透明盐水瓶里不知灌的什么药物变成了红色。我眼睛睁得好大好大。我多么希望，我的眼神可以阻止那红色的药水进入我的身体，但是意念失败了，我眼睁睁地看着输液管被红色覆盖。我又一次无奈地闭上了眼睛，转过头跟雪夜说了句：我开始打仗了”

4. 母子连心

女儿患上了白血病，疼痛铺天盖地、劈头盖脑、毫不留情地向我袭来。

我觉得我的天是塌下来了，我是强撑着才没有被压成肉泥，因为我知道女儿的天还需要我帮忙支撑。

上海和十堰的血液科医生在看了女儿的检查结果后都考虑女儿患的是急性髓系白血病 M4E0 亚型。在治疗上两地的医生的意见也是一致的。国外的研究显示这一类型的白血病是可以经过化疗治愈的，尽管他们自己经手的成功的先例不多。

血液科医生说第一个疗程的化疗最危险，我乘飞机转火车日夜兼程赶回十堰，我们要和疾病赛跑。

离开上海之前我给女儿打电话说："你准备好，明天开始接受化疗，我们没有别的选择。"尽管我是个医生，却没有任何化疗的经验，当时不知道化疗脱发后还能长出新头发来，准备在化疗前为一头秀发的女儿拍个漂亮照片。

第二天上午不到 8 点我赶到了女儿的病床边。跟女儿和家人简短地打了招呼，我就去找医生了解详细病情和具体治疗方案，并签了知情同意书和病危通知书。

回到病床边我告诉女儿："这个疗程 7 天，我和你老公会一直陪在你身边。"

化疗第一天，女儿没出现明显的不适。我以为化疗药物在我女儿身上副作用不大，对化疗的担心减轻了很多。那天晚上我睡

在病房昏暗的走廊上，只觉得我的天空在变蓝，我似乎又看见了我的红太阳。

我高兴得太早了。从化疗的第二天开始，所有化疗的不良反应都在女儿身上出现了。恶心、呕吐、腹泻、口腔溃疡、发热等困扰着她。看着她遭受疾病和化疗的折磨，我很心疼，也很无奈。

化疗的第6天，我女儿的白细胞降到0，医生把原定7天的治疗改为6天。

没有了白细胞的防御能力，女儿出现了严重的肺部感染、扁桃腺炎、多处霉菌感染。口腔溃疡和恶心呕吐让女儿难以进食，不能入睡，感染又让女儿不得不接受各种穿刺、检查和大量的抗生素。

疼痛渗透了女儿的身体，也撕碎了我的心。

原以为7天打完化疗药物就算化疗结束。因为我见过不少其他系统肿瘤的患者，打好化疗药物就可以回家了。现在才知道对血液病患者来说，化疗药物注入身体只是万里长征走完了第一步。接下来的骨髓抑制期问题更多、时间更漫长、更令人揪心。

第一个疗程，我陪了女儿7天，然后回上海上班，以维持治疗所需的费用。

回上海的那天，女儿发着高烧，因口腔溃疡痛得不能进食，我求医生给了一支局部麻醉药利多卡因涂在溃疡面上，女儿勉强吃了一点东西，我才能把我的腿往火车站挪。

在我回上海的那天，我把前几天我穿过的女儿的一件红色T恤衫洗干净叠好，装在我随身带的背包里。从那天开始直到现在，不论我在哪里，不论我在上班，还是在休息，在我意识和潜

意识里，我总是觉得我把女儿背在背上，扛在肩上！

在上海，我每天午饭和晚饭前都要跟女儿、女婿通电话，和女儿一起掰着手指数着化疗的天数，感受着女儿的恶心，忍受着女儿的发热，分担着女儿的恐惧，体验着药物稀里哗啦的打击和细菌病毒肆无忌惮的吞噬咀嚼，眼巴巴地盼望着骨髓长出白细胞、红细胞和血小板，盼望疗程的结束。

细菌霉菌和强大阵容的抗生素、昂贵的丙种球蛋白抗衡了12天，谁也打不过谁。大概到骨髓抑制期的第13天，我女儿的白细胞长出来了。尽管只有0.6，正常数的1/10，细菌感染减轻了，我女儿的体温下降了。第14天，白细胞长到1.0，我女儿精神好了，能吃东西了。第16天，白细胞长到4.0，到正常范围，女儿的体温也降到正常，女儿能下床走几步了。第18天，白细胞、红细胞、血小板都长到了正常水平，女儿恢复了原来的样子，能大声说话、大声笑了。

第一个疗程的化疗女儿在医院住了27天，医生说回家休息3天，回来复查，再进行第二个疗程。

我的心随着女儿血细胞的上升、病情的好转而舒缓。我们打赢了第一仗！

第二个疗程，我们有了一些经验。从一开始就每天用苏打水漱口，预防口腔霉菌；补充维生素预防口腔溃疡；尽量多坐起来，预防肺部感染。

这个疗程我赶到女儿床边的时候已经是化疗的第3天了。我请了4天假，因为下大雪火车走走停停，原本从上海到十堰只需要二十几个小时，那天走了39个小时。我在女儿的病床边只待了1天。

这个疗程的前10天，没有很大的问题。第7天白细胞降到0，没有发热，还能吃饭。坚持到第11天，白细胞还是0，高热不期而至，感染还是发生了。扁桃腺炎、肺炎、心包炎同时袭来。

化疗第12天，女儿开始不接电话。这个疗程的前10天比第一个疗程顺利，我们的期望值高了，期望没有很大痛苦的治疗。而现在同样的问题还是出现了，能不能再闯过第二关还不能确定，女儿心理上不能接受。我知道她的心里和身体有多痛，So do I！

我女儿最后还是接了我的电话。我跟她说我知道你又被狠狠地击了一棒。可是我们不能被打倒。细菌和病毒绝不会因为已经给我们造成的剧痛而心慈手软；而被化疗药物抑制的骨髓却需要我们用营养物质，用对生活的热爱，用战胜疾病的信心和勇气来支持，才能尽快地长出鲜活的、杀灭细菌、保护自己身体的血细胞来。

又熬了十几天，女儿的血球上升了。体温退了，水肿消了，我们又闯过了一关。这个疗程比预期延长了将近20天。

随着疗程的增多，女儿对化疗药物的耐受增强，恶心、呕吐等反应减小一点。但她的骨髓被打击的次数多了，恢复能力也降低，最危险的骨髓抑制期越来越长。白细胞缺乏，感染期更长；红细胞缺乏，身体组织得不到营养，血小板缺乏，随时都可能大出血。需要输红细胞和血小板的次数增多。化疗的周期延长，化疗的疼痛和风险越来越大。

记得第四次化疗，不仅发生了严重的感染和剧烈的神经痛，骨髓抑制期持续了一个月白细胞才长到1.0，红细胞1.5，血小板39。这种血细胞水平持续了两个多月。血细胞没达标，女儿

既不能出院回家，又不能开始下一个疗程。

我们只能等待。原计划这个疗程结束后回家过年的，女儿和女婿只好在医院过年。

那个春节我天天值班。那年的初春没有一点儿春意，我们的心里下着寒冬的连阴雨。

听说花生衣可以帮助长血小板，我想在上海为女儿弄花生衣。开始想自己用手为女儿剥花生衣，可是没有衣的花生怎么办呢？我想到了生产花生糖和花生酱的厂家，他们用不带花生衣的花生，一定有花生衣的。我在网上查到了上海津香食品有限公司傅总经理的电话，向他求助。傅总经理立刻表示第二天给我送免费花生衣来，并祝我女儿早日康复。后来我的一个朋友从另一个糖厂也要了一袋花生衣。

这次骨髓抑制把我们扔进了治疗的最低谷。我背着一大袋花生衣从上海回到十堰。看到女儿因为严重贫血而苍白的脸，我的心都要碎了。

我同时还担心治疗不能按时接上，坏的细胞又长出来。

我陪女儿在医院再次做复查。希望有一点点进步。周围血结果先出来的，血细胞仍然在一个月前的水平，白细胞还是一点多，红细胞一点多，血色素 49 克，血小板四十多。

女儿落泪了。

医生说：再输一次血吧。

女儿说：不输了。

女儿和女婿回家了。我在医院等着骨髓穿刺报告。

下午 5 点，看骨髓片的医生告诉我，骨髓增生比较活跃，没有疾病复发的迹象。

我赶到女儿家的时候，女儿和女婿头挨着头躺在床上。我站在他们床边说，骨髓象显示增生活跃，周围血细胞很快就要升起来了。妈妈希望你接受医生的建议，去医院再输一次红细胞，给你的骨髓、给你的身体再支持一下。

女儿说，你已经买了今晚的车票，你先走吧。我们商量一下。

我匆匆赶到我爸爸妈妈家，慌慌张张吃了口饭赶到火车站。和往常一样，上了车给女儿发了条短信。我说："我已经上车了，希望你明天还是去输点血，帮你的骨髓快点长出足够的血细胞来。"

很快，女儿回了短信："安心回去吧，血已经输上了！"

我当时长长地舒了一口气，爬上了我的上铺。

半个月后，女儿的骨髓恢复造血能力，血细胞达到基本正常水平，又开始接受下一个疗程的治疗。

女儿生病的时候刚从英国回来不久，她工作的单位没有给她交医疗保险，所以费用都是自己负担。女儿的第三个疗程开始于春节前，我回家看她时把当月工资奖金全带上了。坐了 23 个小时的火车到十堰后我先买返程车票。为了在女儿身边多待几个小时，我回上海都是坐夜间的火车到武汉，在武汉转车到上海。我买十堰到武汉卧铺票时售票员看我年龄大给了我一张下铺，比上铺多 5 元，为了节约这 5 元钱，我请她给我换了一张上铺。在买武汉到上海的动车票时，我跟售票员说，要二等座，售票员说，你 5 块钱下铺费都要省，不用说我都知道你要二等座。

到女儿的病房后我把所有的钱都拿出来，在一个红包里放了 1000 元准备给我爸爸妈妈过年，我自己留了 200 多元，剩下的全给了女儿。

我爸爸妈妈坚决不要这1000元过年费。我第二天到医院把这个红包又给了女儿。晚上我返回上海。上车以后，给女儿发了封短信。回信是：一路平安。那个1000元红包放回了你的包里。妈妈要注意身体！

这1000元我也没舍得用，从此和女儿的红色T恤衫一起天天背在我的背上。

在女儿开始接受治疗时，医生说要做五六个疗程。当时按一个疗程一个月计算，我跟女儿说我们得在医院里住半年。女儿说，那治好了病，我还能到上海去看世博会。我说那当然，我还报名做上海世博会志愿者了呢，到时候一定好好接待你们！

女儿化疗的前面5个疗程，我都回十堰去陪她1~7天。第6~7个疗程没有回去。第一，女儿女婿都逐步了解了治疗流程，甚至用什么药，什么时候需要做好什么准备。第二，他们在几个月的时间和医院血液科的医生护士建立了非常和谐的关系。第三，医生也劝我不要来回跑得太累，要我安心在上海挣钱，有问题会跟我沟通。第四，世博会志愿者组织也批准了我做志愿者的申请，我每周上5天班，做两天志愿者，确实很忙。

医生及时地调整了治疗方案，第6期和第7期化疗的骨髓抑制期都在一个月左右。这两个疗程用了3个月左右的时间。

2010年7月30号，我在上海浦东机场像迎接在战场上打了大胜仗归来的英雄一样欢迎和白血病战斗了10个月的女儿、女婿、亲家母、亲家公到上海参观上海世博会。在我心中，他们是最勇敢的最善战的勇士！

考虑到女儿有贫血，我本来打算用轮椅推女儿去参观世博

会。没想到女儿的精神很好，体力也不错。尽管还是处于中度贫血状态，在参观世博会的那一天，整整12个小时她和正常人一样排队、参观、拍照。和大家一样喝的是世博会提供的饮用水，吃的麦当劳，全天兴致勃勃、毫无倦意，她的身体很好地适应了贫血状态。

按照国际上推荐的大剂量，做6个疗程可以达到治愈。可是中国人用大剂量治疗还缺乏经验，我女儿曾经出现过骨髓抑制过度，所以医生给她的是中等剂量和小剂量的治疗。尽管在第3个疗程后，急性髓系白血病M4E0亚型标志性的CBFB/MYHII融合基因已经由阳性转为阴性，7个疗程后医生仍不敢停止战斗。我们的勇士们在参观了世博会后，又浴血奋战了两个疗程4个月左右，医生宣布结束治疗。

2010年12月30日，女儿、女婿和血液科的医生护士一起在医院元旦晚会上表演了两个歌舞节目。我为此赶回来参加了这个晚会。我感谢医生护士为女儿治好了病；我欢呼新的一年，新的生活的开始！我也感谢女儿配合医生治疗，历经千辛万苦夺回了健康；我更感谢我的女婿、亲家母、亲家公一年多来对女儿的细心周全、无微不至的照顾，方方面面、分分秒秒的支持和淳朴细腻、博大无边的厚爱；感谢所有关心、爱护和帮助过我们的亲人、朋友、同事和素不相识的献血者。是他们用爱心救了我女儿，拨开了我心头的乌云，在我生命的天空挂起了红彤彤的太阳！

5. 夫妻抱团

在没有遇到雪夜之前，我根本不相信什么所谓的爱情啊、缘分啊，婚姻对于我来说是合法地搭伙过日子。

网络中我遇到了他。那时候我在伦敦留学，和国内的时差是8小时。每天无论多晚，我都会在网上等他的出现，无论多累他每天也会在下班后上网来看看我。

网络里我们无话不说，但是终身大事，现实的金牛不会盲目地下注。带着好奇我回到了离别已久的故乡，见到了网络中的恋人。说实话，第一次见面的感觉没有那么地震惊，庆幸着自己已经续了2年在英国工作的签证，随时都可以离开。

但是爱情真的是有一种说不出来的滋味，小小的假期接触下来，我却被他深深地吸引了，并在不知不觉中依赖着他。我和他在一起感觉很轻松，做任何事情都不需要带脑子，他总是能在我有想法前提出自己的想法，并安排妥当。离开父母许久的我，在那时放下所有的疲倦和思绪，只愿意闭着眼睛，被他拉着走在大街小巷，感觉很安全，很舒坦，很放松。

我曾经是一个强势霸道的女人，他是一个“霸道”的男人。然而在我任性的时候，他经常会指挥我或者说命令我做事情，而我也鬼使神差地服从他。突然间，我感觉了生活的异样，就像妈妈说的：一物降一物。于是我才发现原来爱情是这样的，是心甘情愿地付出。

从来没有一个人让我有这样的感觉。

我炒了伦敦的鱿鱼。

在见面7个多月后的一天，我们去了民政局领取了红本，坚决地结束了彼此的单身生活。

4个多月后，我们有了那场曾经略带惊喜的婚礼。我们在甜蜜、激动甚至有点恶搞的情绪中完成了我们梦中的婚礼，我们紧

握双手，发誓一辈子相依相守。

在一年多的治疗过程中，他总是逗我开心，苦中作乐。下雪的时候，他在窗外的阳台上，堆了一个微笑的雪人向我招手。我吃不下饭的时候，他用饭菜做爱心小人便当，一点一点地喂我把饭吃掉。有时候，他把一大堆我喜欢吃的东西——巧克力、饼干、锅巴、果汁糖、KFC 套餐等，把我围起来。只要我一睁开眼睛，张嘴就可以吃。我感到无聊的时候，他让我打僵尸、弹钢琴，然后等他下班回来跟他比赛。在我抽血化验的每一个下午，他总是拉着我到医生办公室翻看着当天的化验单，然后跟医生说：这个板少了，该上血小板；这个红的低了，该输点红细胞了；这个白的升了，快上化疗了；那个不错，可以出院了。

在我情况还好的时候，雪夜为了让我忘记病痛经常带我去“城市英雄”打游戏。当时很流行玩打鲨鱼，如果运气好一天可以赚好几百个游戏机币，当然了如果运气不好，半个小时不到也要输几百个游戏机币。我的技术不行，去那里也就玩吊布娃娃、打地鼠、敲大鼓这种没有难度的游戏。

游戏机室有个大布娃娃机，奖品是各种各样的大大小小的布娃娃、毛绒熊、胖胖猪、趴趴狗等。我去了几次都好想能得到一个胖胖大大、憨厚可爱的毛绒熊。雪夜说：老公一定给你弄一个回去。

一天晚上，我在病房里等上班的雪夜回来。突然听见病房的小护士们一阵惊喜的尖叫，然后就是一阵脚步声由远及近。等雪夜把我的病室门打开，映入我眼帘的是：他的怀里抱着个巨大的黑眼圈、咖啡鼻、白嘴头、穿着红白相间短袖外套的毛绒熊，毛绒熊站起来估计有我 2/3 那么高。手上打着针的我，还很难搬得

动这个大熊。让我得意的是，在雪夜和熊的后面，跟着一群护士，叽叽喳喳地问雪夜咋弄来的这个毛绒熊。

我也看着他，等待他的回答。他说：下了班先去了城市英雄，今天火好，半个小时打了三条鲨鱼，然后我就把这个大伙伴给你拍下来了。我说这么大，你咋给弄回来的？他说："我让它坐我摩托车后面，跟我一块儿回来了。"我心里满满的全是蜜。

后来，我喜欢的好几个大绒娃娃他都找机会给我打下来。有一段时间我的病房里摆了三个坐着跟我一样大的毛茸茸的娃娃，它们占据了我病房的一半的空间。医生查房、护士巡视病房也都喜欢用手摸摸我的可爱的毛绒娃娃。雪夜上班的时候，我一个人在病房里面没事，就会跟这三个娃娃玩，和它们说话，给它们唱歌，它们成了病房里陪伴我的好玩伴。

我女儿女婿都是普通人，他们在父母眼里不是乖巧的孩子，学业上不是很优秀，事业上也不是很成功。可是在我看来，他们的爱情确实是轰轰烈烈、惊天动地。

他们两个人从来都是抱团的。我不知道他们之间有没有过大的分歧，对外，他们任何时候都是一致的，包括对双方的父母。我跟女儿有什么问题，想在女婿这里得到一点儿援助是不可能的。即使是在他们还没结婚的时候也是这样。

他们一向是夫唱妇随或妇唱夫随。比如买衣服，一个人如果说这件衣服样式不好，另一个人会说做工也不怎么样，或者颜色面料也很一般。再比如说吃饭，如果一个人说这个饭店菜不错，另一个一定会说环境也很好，服务也周全。

女儿在她的博客里说："老公给了我第二次生命，在遭遇突

发疾病打击的时候，老公以大吊车般的躯体吊起、支撑起了瘫软的我。”在人们赞美女婿时，他说：“我从来都不认为我是勇敢的。我老婆是最勇敢的。所有的药物的尝试，成百上千次的穿刺、高烧、呕吐、腹泻、神经痛，那种痛不欲生的感觉只有她才明白，她都挺过来了。”

女儿女婿结婚时可以说是裸婚。他们的爱情里没有金钱、房子、车子的位置。

他们的爱情是在女儿住院的一年多的日子里，女婿没有回家睡过觉。他在女儿情况好的时候上全班；女儿情况不太好的时候上半班；女儿病情危重的时候不上班。天天守候在女儿身边。

他们的爱情是在女儿住院的一年多的日子里，女儿没有吃过医院的一顿饭，女儿的一日三餐，洗漱拉撒主要由女婿来管。他上班或有事忙的时候，亲家母管。

他们的爱情是当女儿急需血小板而血库供应不上时，女婿多次为女儿献血小板。

他们的爱情是当女儿治疗结束后，他们夫唱妻舞，同台公演生命美好的歌。

他们的爱情使得女儿更加热爱生活，勇敢坚强地配合医生治疗，翻过了疾病这一页；他们的爱情使得治疗结束后半年医生不忍心打消他们想要孩子的愿望，同意他们怀孕，一年后，他们迎来了他们爱情的结晶——活泼可爱的小龙女。

爱情以某种机制改善人的神经内分泌系统的功能，继而改善神经、心血管、免疫系统的功能已被许多研究证明。爱情能使人变得年轻、漂亮，爱情能增加人们对疾病和灾害的抵抗力，爱情能延年益寿也是广为人们接受的事实。

女儿治病的过程也让我见证了“80后”爱情的执着和巨大的生命力！

6. 血缘

血液分为血浆和血细胞，而血细胞包括白细胞、红细胞和血小板。白细胞是我们身体的卫士，为我们阻止外敌侵入；红细胞是我们的力量，红细胞数量低的状态就是医生所谓的贫血；血小板是我们的外墙守护者，当出现血管破裂的时候，它快速地帮我们将伤口保护起来，使血液不再外流。

血液病的化疗会引起比较重的骨髓抑制，在骨髓抑制期间，骨髓造血功能被抑制，血液细胞缺乏或者完全没有。白细胞缺乏时，细菌病毒容易入侵我们的身体，并在人体内生长、繁殖，产生毒素，从而造成身体的伤害。也许是因为有抗生素来和细菌抗衡，也许因为白细胞很不容易采集、保存和输入，很少有人输白细胞。

当红细胞下降到一定程度的时候，人会出现缺氧的表现。我在红细胞下降到2.0，血红蛋白（红细胞运输氧气是由红细胞里的血红蛋白来完成的）下降到50克的时候，我就会在活动时出现全身无力、眩晕胸闷等症状。在血红蛋白下降到40时，医生就会为我输入别人的红细胞来增加我血液中的红细胞含量。医生说，就算人可以耐受贫血，也不要持续低血红蛋白状态，因为这样会造成大脑缺氧，使大脑受到损伤。每当我输入了红细胞后，我的脸色会马上好起来，整个人也会立刻感觉精神很多。所以我

总是形容自己像一个吸血鬼，在吸血后精神就抖擞起来。

血小板是精贵的，它长得慢而且寿命短。血小板的降低会使血液的凝固功能降低，人会由于不经意间的小的磕碰而导致皮下毛细血管出血，出现乌斑或出血点，重者会导致颅内出血危及生命。在化疗后的抑制期中，当血小板低于20的时候，医生会下病危通知书并请家属签字，而且要求患者完全卧床。

血小板是橙黄色的液体，雪夜说像橙汁，护士告诉我血小板的味道有点像玉米汁。

输入的血小板必须是新鲜的。病人要输血小板必须提前预约，取健康人的血小板后马上送医院，给需要的患者输入。所以血小板的价格也比较高。医生为患者申请血小板一般都要两天才能输上。如果赶上用血高峰，或者过年过节等特殊原因，没有人献血小板就很麻烦了。

我很幸运，我的雪夜、我的婆婆和我是一个血型，而且他们都符合献血要求。所以他们也成了我的急救献血队员。我的身体特别适应雪夜的血小板，每次输完都能融合得很好，没有过敏反应。

在此我感谢那些义务献血者，因为你们的伟大和无私才有了我今天的精彩，也只有我们这些经历过的人才明白无偿献血的重要性。谢谢！

我女儿每个疗程至少有15天严重贫血（最长的将近3个月）。由于这个时期几乎都伴有感染，血细胞消耗得很快，所以这段时间至少要输3次红细胞、3次血小板。直到自己骨髓生成的红细胞、血小板长到医学上可以接受的最低水平。

在十堰市，医生申请输红细胞一般当天就可以输上，而血小板一般医生申请后两天才能输上。据说在上海由于病人多，血小板一般在医生申请后一周左右才能输上。

所以每个疗程的骨髓抑制期内，我们不仅要担心和忍耐因白细胞减少而出现的细菌感染，我们还要忐忑不安地等待血小板。

我是个神经科的医生，我很清楚一个血液病的患者如果得了脑出血，治好的机会是很渺茫的。

记得有一次女儿血小板降到了二十几（正常100~300)，第一天申请的血小板第二天晚上还没输上，我心里万分着急。

为了分散注意力，我出去围着小区漫步。回家后看见女儿从QQ上给我发了一张照片，照片的上面是天花板和墙壁，向下拉是输液器，再拉就看到了装血小板的袋子。这是她躺在床上照的。

我问女儿："输上血小板了？"

"正在输。"女儿答。

我揪着的心一下子放开了。

在血库供应不上血小板的危难关头，女婿为女儿献过好几次血小板。我五十多岁的亲家母也为女儿献过血小板。

常言道：不是一家人，不进一家门。我现在觉得这话很有道理。我女儿和她婆家的2/3的人的血型相同，从恋爱到结婚，她一直和婆家的成员，甚至七大姑八大姨有着良好的关系。在她生命攸关的时刻，她的老公和婆婆用自己的鲜血来解救她。他们全家用为病床上的女儿喂饭、擦身、梳头、洗衣等行动对"一家人"这个词作出了最确切的诠释。他们用鲜红的血液绘出了世界上最美的全家福！

我和女儿有在英国生活和工作的身份，在女儿生病初期，因为经济上压力很大，我自己想过、我的英国老板也曾建议我和女儿返回英国做免费的治疗。但考虑到我们在英国太孤独，在国内治疗虽然经济上有很大的压力，但我们有家人和我们在一起，困难比在国外容易克服一些。事实证明我们当时选择在国内治疗是对的。

我虽然不是输血相关方面的专家，但是我相信那一次次输入我女儿血管里的，绝不仅仅是输送氧气的红细胞、参与凝血的血小板，输入女儿体内的一定还有能杀灭细菌病毒的各种各样抗体、五花八门的补体因子、免疫球蛋白和消炎因子；一定还有参与凝血止血反应的一系列凝血因子、催化剂；还有更重要的战胜疾病的信心、勇气、顽强的生命力！

这些输入我女儿体内的血细胞和杀灭细菌病毒的抗体、补体因子、凝血因子、信心、勇气和生命力等，帮助我女儿度过了一个个骨髓抑制期间的感染关、贫血关、出血关，一次次地救了我女儿的生命！

我和我女儿的血型不同。在女儿需要输血的时候，我爱莫能助。不过这两年，我加入了义务献血的队伍。把我的血献给能用我的血又需要我的血的人，以此感谢我的女婿、亲家母和其他好多为女儿献血的好心人，感谢祖国！

爱是本能的，但爱可以相互启发、相互感染、相互促进，像雪球一样越滚越大。爱是生命的主旋律，因为爱，我们的生活才这么灿烂，这么火热，这么生机勃勃。爱是生命的原动力，是工作的动力、治病的动力，也是文学——我写这些文字的动力！爱救了我女儿。

7. 良医无价

在治疗疾病的过程中，医生毫无疑问起着主导作用。一个好的医生和一个好的工程师的定义不一样在于好的医生除了有精湛的专业技术以外，还需要有良知、人性和责任感。

十堰市人民医院血液科的医生就是好医生的代表。

科室主任李红，四十多岁，热情、果断、直爽。第一次跟她接触给我的感觉很好。当时我提到据说女儿的病要接受6个疗程的化疗，她说："我的目标是让CBFB/MYHII融合基因由阳性转为阴性，需要几个疗程就几个疗程。"

这是个体化医疗的体现。

在我们这个以我女儿为中心的治疗团队中，李主任理所应当的是队长。一开始她就给我们这个团队做了分工。她要我回上海工作，医疗上由她负责，有问题会跟我联系，原因是化疗的坚持需要经济基础。

在女儿治病期间，我和李主任的电话、短信来往非常频繁，尤其在病情危重的时候，有时候一天通好几次话，即使李主任出差也是如此。尽管上海、十堰远隔千山万水，我对女儿的病情和治疗基本上是了如指掌。

李主任不仅为女儿治病，也在精神上给我很多支持。在女儿生病的过程中，我从没在女儿和家人面前掉过眼泪，但在病程初期我和李主任谈话时常常泪流满面，泣不成声。有一次李主任在电话里跟我说："你女儿比你坚强，我看见她在学习公务员考试

资料呢。”我听了心里很安慰，为这样的好医生，也为女儿的坚强。

在最后一个疗程开始前的常规复查时，女儿的肝脏、肺部被发现有几个包块。肿瘤患者治疗过程中最害怕的是肿瘤复发和转移，因为这意味着治疗无效或前功尽弃。如果真是肿瘤的复发或转移，女儿肯定是很难过的，她吃尽了苦头接受了一年多的治疗，得到这样的结果是残酷的。我这个做医生的当然对“包块”也很敏感。虽然那天在电话里安慰女儿可能是良性包块，我的心却剧烈地抽痛，心情跌到低谷。

第二天做 CT 增强扫描确定病灶性质是我们的一线希望。

上午 11 点，李主任在确诊的第一时间给我发了一条短信：“那几个家伙是良性的，可能是血管瘤，也可能是炎性包块。害得我们全科人都跟着伤心、流泪。”

这条短信给我的信息是：①女儿的黄色预警解除。②她知道我很担心、焦急，所以好的结果一出来就告诉我。③他们血液科昨天和我们家一样阴天有雨，今天多云转晴天。

一股暖流荡漾在我的胸中，通过泪腺喷洒在我的脸上，洗掉了一天一夜的焦虑、不安、沮丧和无奈。

我为女儿解除警报而欣喜，也为把女儿交给这样的医生而庆幸！

后来听说，在做增强 CT 前，李主任已经联系了上级医院的教授，以备增强 CT 的结果是我们不想要的情况下商量处理的办法。

我女儿曾转发过一篇李主任的博客，表达了李主任对她的病人如亲人一样的感情。

“今天，一个朋友并没有因为我拼命地努力而留恋这个世界，安安静静一下子就走了，真的就像秋天的落叶，悄悄地、无声地飘向大地……工作这么久了，我早也应该习惯了这种无法挽留生命终结的方式，但泪水还是在夜深人静时肆意地爬满了我的脸，我想起了我曾经极为疼爱的显儿、强子、楠儿、刚刚离开的晓虎……其实很多人并不了解原来生命竟然是如此的脆弱，像一片风中飘零的落叶。

在这个时间一定有很多人正在为她哭吧，可怜的白发妈妈，拼尽了所有的丈夫、肝肠寸断的姐姐，和那个不谙世事的小不点……还有躲在角落里的我。”

这篇博客我看一次流一次泪。想象拥有这种高尚感情的医生对病人会是怎样地和蔼、温暖和关怀，我也相信这样的医生说的每一句话，所做的每一件事对她的病人都是无价的良药。

正因为血液科医生对病人的无比的人道主义的关怀，女儿和血液科的全体人员亲如家人。说起血液科的医生护士，我女儿饱含深情、如数家珍。

胡主任：胡主任是我跟血液科第一个联系上的人，他的声音给我感觉是很和蔼，虽然他问我的问题我都不是很懂，因为在诊断治疗方面医生都是跟我的老公交流，我只是接受者。胡主任没有因为我的无知而抱怨，只是嘿嘿地笑，很可爱，这是我对这个主任、这个医院、这个科室的第一印象，我很放松。他有着常人很少保持的绝对坚持的作息习惯，他爱他的工作也爱他的娇妻，他是那种让人无法抱怨和生气的人。

吕老师：我去血液科看病房的时候，是她接待了我，当时有

两个房间，一个在护士站的旁边、医生办公室的对面，采光还可以，只是有些喧闹；还有一个在病区的另一侧，采光不太好，但是非常的安静。我们全家选来选去都没有决定，她都没有怨言的，一直微笑地带领着我们转，帮我们分析和研究，最后我们听从了她的建议，住在了离医生和护士最近的那个房间。

老余：先想念他一下吧，老余现在在遥远的广西上研究生，大家很想念他，也希望他能好好保重自己。老余是我的床位医生。第一次他问我病情时，我以为胡主任已经把我的情况告诉他了，很不耐烦地回答他。他当时没有生气。后来听说他关门出去后就跟护士们说：小心点，来了个很凶的病人。嘿嘿。谁知道后来我和这个床位医生很谈得来，经常在一起聊天。他做骨穿一点儿也不疼，因为他是一个特别会心疼人的男人。他决定辞职去读研究生时，我们觉得非常的舍不得。老余第一次给我做骨穿我一直都记得。

老余叫了一个护士做助手，就慢慢悠悠地开始做准备工作了，一边做一边跟我说话，轻声细语的，让我慢慢也能放松下来。他一直在安慰我："别害怕，不疼的，我做骨穿还没有人说疼呢，我们平均一天也要做四五个，现在算起来我做了上千次的骨穿，没事的。"

"打麻药了，有一点点疼，别紧张，坚持下，我知道你很坚强。"随着他的声音，我慢慢地开始觉得穿刺针的下方没有那么疼了。他边说话边在我没有知觉的地方做着什么，我感觉不出来，像是在按着针眼，也像没有什么动作，只是听见他在问我，"疼吗?""没事吧?"我一直在疑惑怎么还没有开始?我有点不耐烦了，回答了句："不疼啊，怎么还不做?"

老余哈哈大笑："已经快结束了，现在准备给你推片子，没事吧，别这么紧张。"

我长出了一口气，放下了心，很羞愧地笑了笑。他帮我贴好了伤口，整理好了衣服，扶我躺好，交代我压好伤口，休息片刻再起身。然后给我做外周血推片。他紧紧地捏住我的指腹，小心翼翼地用针头扎破，挤出一小滴血来涂在玻片上，然后让我按住指头出血的部位。他看看我说："我最不忍心把小姑娘给扎疼了，没事吧。"我笑着点点头。

他带着护士，端着我的骨髓和外周血的玻片出门了，跟等候在门口的雪夜和家人说：没事的，挺坚强的女孩儿，结果后天出来，你们让她休息一下，想回家就可以回家了，等结果出来我给你们打电话。

老余的话阵阵顺耳句句暖心，让我对医生们的戒心渐渐消失。

大眼妹：她的眼睛好大。在血液科做第一个化疗的早上，我6点就从家到病房了，请她去抽血化验，她很不高兴，说早上血都抽完了。我说昨天问了说6点抽血，我才6点来的。她说5点半抽血。我没有说话，回到我的房间。她还是端着盘子过来了。虽然感觉有点傲慢，但是打针的技术感觉还不错，特别是用手指一点一点地寻找我血管的位置的时候让人感到很温柔。后来因为我们是同年的，而且她也比较健谈，我们便成了好朋友，经常一起吃饭，一起逛街。

董医生：她是个热心的妈妈，爱交谈。我刚认识她的时候，听她在给病人家属谈病情，很热情、很详细，而且总是说："我们会尽量帮你们解决经济问题，能省就一定给你们省。"给我的

第一感觉就是这个医院的医生很负责，很会为病人着想。

小操儿：他是一个比我年龄小的医生，非常的可爱，书香门第的他非常有教养，无论对谁都是彬彬有礼，虽然总是被小护士们欺负，但他也总是笑眯眯的，毫无怨言。他总是在上级医生的领导下，认真地完成任务。虽然有时候有点粗心大意，但是面带微笑的他总是能博得大多数人的好感。

亮亮：先香一个。很大气、很开朗、很认真、很负责，也很坚强的女孩。刚认识她那会儿，觉得这娃娃天天都是板着脸，很清高的样子。但是从她成为我的床位医生开始，我们就成了好朋友，很好的朋友，直到现在我还在回味前两天她请我吃韩国烧烤的味道。

李老大：她是科室的老大，是核心。她是我心中的偶像。工作上她是 No. 1，没有人能取代她。你只要去问她血液病的任何方面的问题，她都能给你解释得完完整整，让你诚服。在家里，她有个宠爱她的丈夫，有个古灵精怪的女儿，还有一群相亲相爱的姐妹和亲人。生活上她多姿多彩，唱歌、跳舞、运动，样样少不了她。

她经常会在没事的时候，或者下班之前来看看我，跟我聊聊天，拉拉家常。有时候一聊就是几个小时，我们喜欢这个温和有气质的主任。我心里一直对她怀有感激，如果不是她高超的专业技术、她的仁慈善良，我不可能把自己放心地交给她，交给血液科。我们也不可能有现在这样的治疗的最佳成绩。如果不是她，我也不可能在住院的这一年多的时间里，认识这么多可爱的朋友们。

小李主任：她是一个娇小可爱的女人，热情感性。她很努力很坚强，为了事业为了儿子，她工作得很辛苦。她带我去其他的科会诊或检查时，总说我是她妹妹，她总是那么热情地帮我东奔西跑。在老余读研后，她成了给我做骨穿的医生。她怕看见我哭，怕我疼，她总是那么小心翼翼地定位，她总是安慰我说她会轻点轻点，最后还帮我擦去我那不争气的眼泪。如果做完了骨穿我说不疼，她就松一口气，放下心来。我常常想如果有一天，我真的能有这样的姐姐该多好呢。

王大爷：她是个很招人喜欢、很秀气的女孩。她很仗义，非常的开朗和热情。我刚住院那会，她每天早上都会去我那里报到，叽叽喳喳地跟开机关枪一样说半天新闻。她打针不疼，业务上也算是一等二等的了。科里只要有她那就很活跃。

小敏敏：这个爱漂亮的娃娃，打针是最不疼的一个，我很喜欢，嘿嘿。特别是早上抽血，她直接在我脚上抽，然后用胶布给我粘牢，根本不用我和老公起床，太爽了。小敏敏虽然有点小脾气，但是还是蛮有原则的。跟所有“80后”的女孩子一样，爱唱爱跳，爱疯爱闹。

小蚊子：小蚊子也是“80后”的女娃娃，走路跟飞一样，天天就看见她忙忙碌碌的，她很搞笑。她的经典语录有：“护士是一个全能的职业，等哪天不做护士了，我们还可以去当卫生员啊、幼师啊、心理医生什么的。”“护士是很辛苦的，不仅要帮人倒水洗脚，解决脚臭问题，还要解决脚臭引起的纠纷。”

秀秀：娃子的妈妈，很温和很勤俭的一个女人。秀秀每次看见我都说：我真不忍心给你扎针。有一次工作上有了失误，她非常非常诚恳地道歉，搞的我都不好意思了，恨不得爬起来给她道歉。

护士长：她是一个美丽的女人，很有气场。她在工作上和李主任配合得很密切，也经常跟老大一起爬山、游泳、打羽毛球。这种积极的生活态度很感染人。

男阿姨：这是一个四岁的白血病小男孩对他的称呼，他是血液科的元老，读了研究生回来的。他的性格温文尔雅，最喜欢吃小炒肉，做事细心、耐心。虽然我们接触的时间不太长，但是他跟我老公一人一根烟的时候，就是亲兄弟。

杰姐姐：一个人躲在后方辛勤耕耘的人，很温柔很秀气，虽然很少见面，但是她总能知道你的一切，很神奇。

三石姐和鸿姐姐：她们比我们年长，也是有家的人了，不能跟我们一样疯了，所以很尊敬她们。

女儿也跟我自豪地提到她曾在病房里做了一次“病友王”。展现了女儿在医生护士的宠爱下痛并快乐地接受着治疗。

精神越来越好，心情也越来越好，我恢复了张牙舞爪的样子。没事画画小猪（我和老公都属猪）。我画了一张小猪请大家不要在中午交班的时候敲门打搅我的午休，然后把这“意义深刻”的杰作贴在门上，从此真的没有护士来打搅过我午休。当我能带着口罩出来到处跑的时候，我发现很多病房房间的门上都贴上了不同要求的纸条，不过都没有我的可爱。害得我被医生护士一顿“臭骂”，说我带头使坏。

当我出病房门的时候，我用丝巾将光光的头包起来作为装饰。几天没出门，这一天出门突然发现，病房里掉了头发的女患者们都把头用丝巾包起来了。她们用各种不同的质地、不同的颜色的丝巾，在头上系成各种各样的花朵和蝴蝶，整个病房突然丝巾飘飘、绚丽多彩、生机勃勃起来。然后回头看看医生和护士们，他们又在“鄙视”我的新潮。从此以后我就是整个血液科的“使坏”带头人，包括医生和护士都被我带进了“火柴的深渊”（“火柴”是我的网名）。

再献上李主任在元旦晚会前的博文，让我们全家人永远记住她和血液科对我女儿的恩情。

“舞起来！

想不到吧，猜不透吧，元旦晚会，肥佬李出山了，蹦蹦啊、跳跳啊、甩甩手、扭扭屁股、拧拧肥腰啊、出出汗啊、释放点热情啊，再燃烧一把不肯老的青春啊！爽爽地，有很多快意；满满地，有很多幸福！

盯着日渐红润的教练昕儿（我女儿的小名），血液科所有的人们都在欢快的音乐声中飞扬，让我们一起分享她健康的幸福！让我们一起感受她婚姻的甜美！让我们一道坚守她健康的大门！”

有道说：黄金有价医无价。女儿对血液科的描述让我们看到了比黄金更珍贵的无价医。

一年多的化疗生活，我的内心与所有在这里住院的病患一样，充满着感激。血液科是一个常人很少涉足的科室，那里有着许许多多不为人知的感人故事。在我心里这个科是一个大家庭，一个团结、稳定、积极、和睦的大家庭。我无法说我要感谢谁，因为他们是不可分割的。

李主任的大将之风、小李主任的积极热情、护士长的温婉

周全、胡主任的耐心可爱、王天亮的认真坚强、董医生的执着坚持、小操儿的温文尔雅、兰阿姨的博学多才、吕老师的柔和暖笑、“王大爷”的雷厉风行、小郭子的爽朗可人、小蚊子的风火幽默、大眼妹的多才多艺、秀秀的小家风尚、杰姐姐的温柔贴心、老余的“现代生活”、磊姐姐及鸿姐姐的默默帮助（大多是昵称）。个性迥异的一群人在李主任和护士长的带领下，在病房如同一家人。

在住院的一年中，血液科就是我的家，医护工作者就是我的亲人。他们的随身笔记本上有一部分是专门为我准备的，每次专家来科室交流，他们都会提前准备一大堆关于我的问题和专家切磋，然后回来对我进行严谨的治疗。化疗需要高昂的费用，他们在保证我治疗有效的情况下尽量帮我寻找比较省钱的方案。化疗难受的时候，姐姐们经常会进病房摸摸我的头鼓励我，妹妹们也会送来我爱吃的食品逗我开心，大眼妹还穿着睡衣给我送来一个会说话的娃娃。抑制期里，为了让我好好休息，他们摸清我的生活习惯，而后口口相传，很少打搅我的正常生活。

最让我忘不了的是在那次大剂量化疗结束后，我的肝脏、肺部被查出有几个阴影，我的低落让整个团体为我紧张起来。主任们不仅第一时间找到影像科的专家在一起分析我所有的CT片，推断阴影发生的时间，分析病灶的性质，同时为我联系好了武汉的专家。护士们不便打搅医生的会议，只是默默地安慰我。最后，两科主任们判断，病灶是因为炎症引起的，会慢慢被吸收。我在欢呼声中看见了大爱。

治疗结束后，我们在一起跳舞，一起郊游，一起享受丰富的美食和多彩的人生。

虽然疾病是凶恶的，化疗是痛苦的，治疗是缓慢的，但是我并不害怕也不孤单，因为我相信血液科的全体人员，我放心地把自己交给他们。我爱上了这个集体，他们是这样地温暖、乐观和积极向上。我把我当成这个科室的一分子，我愿意尽自己的力量来保护自己的健康，维护血液科的声誉，宣扬大爱的精神，以此释放我内心的深深的感动和感谢。

和谐的医患关系是一剂通用的良药。对于需要打持久战的接受化疗的病人来说更是如此。不像许多慢性病在治疗过程中病人可以感觉到逐渐好转的趋势，化疗患者闯过一关不等于下一关好过，也不等于能闯过下一关。相反，由于治疗药物的打击，患者的恢复能力减弱，在某种程度上可以说一关比一关难。因此，患者的身体痛苦和精神压力都是很大的。身体痛苦和精神压力可以互相转换和互相增减。医生的同情、关爱可以为病人减轻精神压力继而减轻身体痛苦。医生的乐观态度无疑可以给病人带来信心。患者对医生的理解和信任也会转化为对治好疾病的信心。而且，由于医生和患者的特殊角色关系，病人对医生的信任会增加病人对医疗的依从性，因而有助于医疗过程的顺利进行。

和现在大多数病人和家属一样，我们开始进医院也是抱着半信半疑的态度。十堰市医院血液科的医务人员用他们的言行举动把害怕、怀疑、陌生和距离一点一点地从我们的脑子里清除，把人道主义、人情友情、关怀和爱护、勇气和力量、理解信任一滴一滴地注入我们的心中。让我们在经受疾病和治疗的痛苦的同时感受到了温馨和幸福。这种温馨和幸福在很大程度上淡化削减了我们的痛苦。

8. 小龙女

在女儿接受第一疗程的化疗时，我想到过化疗可能对她今后生育的影响。记得在英国时，有报道肿瘤患者在化疗前取出正常卵子冷冻起来，等想要孩子的时候，把卵子解冻，再人工授精。我到医院的生殖中心去咨询，回答是这个生殖中心可以做同样的工作。我跟女儿女婿谈过这件事情，他们都不同意这种尝试。

当女儿第三个疗程结束，急性髓系白血病 M4E0 亚型标志性的 CBFB/MYHII 融合基因检查由阳性转为阴性。我又想到了女儿今后生孩子的事情。考虑到当时她贫血比较严重，我幻想过今后如果女儿贫血恢复不好，我可以用我的子宫帮女儿和女婿孕育他们的孩子。

女儿在医院住院一年多时间，血液科的医生护士都目睹了他们夫妻的恩爱缠绵。所以化疗结束后半年，当女儿女婿问医生可不可以怀孕时，医生不舍得给他们对生活的美好的愿望和憧憬一点点儿打击，对他们说：你们可以不避孕了。

他们到上海来玩，告诉我他们打算要孩子了。我为他们高兴，也为他们担心。我先给他们泼了一小碗凉水。我说："怀孕不是想怀就能马上怀上的，有时候需要一段时间。"

没想到女儿回十堰后没多久就告诉我她怀孕了。以后每天听着她在电话里跟我说妊娠反应、防辐射衣服、唐氏筛查、产前检查以及血液病复查情况等。我也很开心地为他们添置一些婴儿用品。

十月怀胎，跟没生过病的孕妇没有任何不同。2012 年 3 月，女儿顺利生下了他们的 6 斤 3 两的宝贝女儿。

母亲奶水充足，孩子健康机灵可爱。

女儿女婿的小龙女是他们爱情的结晶，同时也是医生人性化决定的硕果。

在女儿临产前，我给在女儿治疗过程中经常给予指导的上海瑞金医院血液科的医生打电话，想咨询一下女儿生产时有没有特别注意事项。她听说女儿这么快就怀孕后很惊讶。她很诚实地说她们在这方面也没有经验。

但是她说，怀孕前 3 个月患者疾病复发的风险较大，现在你女儿已经怀孕快 10 个月了，复发的风险小了。而且因为妊娠过程中人体的免疫系统重建，今后复发的可能性也减小了。

这对我们全家来说是一个天大的好消息！

我相信为我女儿治病的医师也一定知道怀孕前 3 个月患者面临着较大的疾病复发的风险。他们当时没有告诉我女儿，这是他们个体化、人性化医疗的体现。

这件事也强有力地说明了良好的医患关系能给患者方带来用金钱也买不来的好处。正因为在一年多的治疗过程中医生和病人及家属之间建立了一种相互信任、理解的关系，医生才有可能在我女儿怀孕这个问题上做出个体化、人性化的决定。

我的外孙女是无价的，那么医生的这个个体化、人性化的决定也是无价的。而且我女儿通过妊娠重建了免疫系统，减少了疾病今后复发的风险，这更是价值连城的！

在当前医患关系十分紧张的情况下，为了减少纠纷，医生在谈病情或治疗方案时会把所有的问题全盘展现给患者或家属，这

使得患者和家属可能承受过多的负面压力，因此放弃了获益最大的治疗方法。

人性或人文精神是好医生必须具备的素质，而人性化和个体化行医在一定程度上建立在和谐的医患关系之上。患者是和谐的医患关系的最大受益方。

人性化也让我女儿避免了一次过度检查和可能由此而引起的过度治疗。

生孩子后的第八天，女儿告诉我两边腋下有一些小疙瘩。我摸她的两边腋下像各嵌了一串小葡萄，大大小小十几个。我心里希望这些葡萄是副乳或因乳汁流通不畅引起的包块，还是忍不住请了在这方面比较有经验的两个肿瘤科医生到家为女儿检查。他们两个在检查的时候说的是“淋巴结”、“融合”和“粘连”这些让我胆战心惊的词汇。出了女儿家门，他们建议做穿刺检查。

我联系好了做穿刺检查的医生，可是女儿和女婿不同意在月子里做检查。他们认为坐好月子很重要，而且女儿坚持要为孩子哺乳。她说等满月后再做检查。

我忐忑不安地回上海上班。每天在电话里女儿都说很好。

满月后到医院检查，血常规、骨髓化验都正常。腋下的疙瘩大的变小了，小的都消失了。3 个月后我回去看她时，腋下疙瘩全消失了。

到现在我不完全清楚那些疙瘩是什么。医学上确实有许多未知的区域。弄不弄清楚那些疙瘩是什么并不重要，重要的是它们自动消失了。

女儿要坐好月子的愿望让她躲过了一次医生当时认为有必要的检查和由此引起的肉体和精神痛苦，避免了有可能随之而来的

现在看来完全没有必要的治疗。

过度检查、过度诊断和过度治疗目前已经引起全球医学界的关注。它们发生的原因之一是医生对疾病的过度敏感，把良性的、可能会自动消失的包块危险化或低风险的包块高危险化，从而造成部分人承受本不必承受的治疗痛苦和风险。消除或减少这种过度检查、过度诊断和过度治疗也是人文精神的一种体现，也需要良好和谐的医患关系做基础。

9. 同舟共济

病来山不倒是我们这一年多生活的写照。

因为我们这座大山的根基是热爱生活的信念的坚石，大山的主体是人情人性的土壤，大山的脚下到顶峰挺立着根深叶茂的爱情的大树，大山的表面铺满了千丝万缕、相互牵拉的亲情人情的花草。

望着可以生存的彼岸，没有人会选择后退。

在每个疗程的前一晚，我都会失眠。我也害怕。可是战斗的号角绝不会因为你的迟疑和软弱而减轻或停止，我必须承受着，必须面对。

在这365天里，我在慢慢地习惯着，从小连医院门诊都很少光顾的我，现在已经习惯了在医院住院的生活。习惯了恶心呕吐；习惯了寒战发烧；习惯了咳嗽；习惯了腹泻；习惯了头痛、腹痛、胸痛、背痛；习惯了打针、抽血、吃药；习惯了吃喝拉撒睡在一

个小房间里；习惯了老公一口一口地喂饭，习惯了婆婆帮忙洗脚洗脸；习惯了每天按时打来的上海长途电话；习惯了在医生和护士的喧闹声中醒来和熟睡；习惯了每天带着留置针而不洗澡；习惯了有精神的时候绣着十字绣被医生护士夸奖；习惯了没有精神的时候一个人静静地睁着眼睛，看着忙碌着的老公；习惯了那波折起伏的治疗过程；习惯了支付高昂的治疗费用。

在这365天里，我学会了忍耐，懂得了退让；我学会了乐观，懂得了忘记；我学会了坚强，懂得了珍爱。

我被病痛彻底地洗刷，也被大爱渗透、支持、层层包裹。

过去的365天里，我在所有爱我的人的帮助下，赢得了一个又一个的胜利。我是那样地渴望过着正常人一样的生活，但是我发现，我身边的人——爸爸、妈妈、老公、公公、婆婆，甚至是亲戚和医生们，在我闯过每一关时都比我还要激动和兴奋。

我会努力一直坚持下去，直到在我的生命的土地上，插满属于我的健康的旗帜，开满属于我的幸福的鲜花。

李主任说还有最后一个疗程化疗就可以结束治疗了。我在想着这样和那样的计划，充满着对美好生活的憧憬和期待。

以后的365天，3650天，36500天，永远，我会珍惜，好好度过每一天。

在女儿28岁生日那天，写了一篇《我的感恩宣言》。这篇宣言生动地说明了同舟共济的力量。

今年的生日在感恩、感动、感激中进行。我不是一个愿意表现自己心情的人，很多时候宁可用冷漠的外表来掩盖我澎湃的

心。生病到现在已经半年多了，“白血病”这三个字虽然削弱了我应该保有的青春活力，影响了我与生俱来的容颜，但是绝对打不倒我战胜它的勇气和信心，因为六期的化疗让我的心中装着满满的“恩”。

我感谢十堰市血液科的全体医生护士，他们用精湛的技术在我最困难时帮助我、爱护我，用人道主义的双手在我最迷惑无奈的时候拥抱我、支持我。他们让我在最痛苦的时候感受到白衣天使的温柔慈祥，在单调的病房里感受到生活的多姿多彩。

我感谢我的母亲，因为她的坚强，让我也 strong 起来；因为她的努力，让我在巨额的医药费下仍然无忧无虑地治病；因为她的坚持，让我成为少数的能坚持治疗下来的 M4 型白血病的病人。引用爸爸的一句话：二十几年前，她给了我生命；而今天，她让我得到了新生。

我感谢我的父亲，虽然从小在父亲的身边很少，但是距离从来都挡不住父亲对我的感情，得知我生病时，母亲都忍住了打转的眼泪，而七尺男儿的他却忍耐不住。这是怎样的心情，大概只有我能懂。在我住院治疗的日子，为了让我开心，父亲做了很多曾经很少做的事情，为了我的病，他也艰难地在行走。我淋漓尽致地体会到了父爱如山。父亲在家打点一切，母亲在外努力地赚钱，幸福的我如同花儿般被呵护着、溺爱着。

我感谢我的老公，在遇到你以前不相信爱情的我，在结婚快一年的今天，不得不幸福地夸耀着我们的缘分。结婚前你就是我的核心，我总说有你在我什么都不用操心。朋友们告诉我，我是幸福的，因为你可以为了我放弃一切。婚后才几天，我就被诊断患严重的疾病，你没有放弃我，你细心耐心地照顾我，坚强乐观

地拉扯着曾经想放弃的我。我不得不说，如果没有你绝对没有现在的我。如果说佛教徒信佛，基督教信耶稣，那么我信你，你就是我精神上的那根不可缺少的支柱。

我感谢我的公公婆婆，是你们的爱护、你们的支持、你们的鼓励、你们的操劳，我才会有目前这么好的治疗效果。感谢你们的厚爱，我是你们的儿媳妇，我也是你们的女儿。

我感谢我所有的家人，我一直都是你们的宝贝，每当听到我状态不佳的时候，你们都会背着我偷偷地流泪，每当听到我能吃能说的时候，你们都会重重地松口气。你们眼中流露的疼爱，完全融化了我的一切痛苦，看到你们其乐融融地为我不辞辛苦地忙碌，我也用微笑给你们最大的回报。

我感谢我所有的朋友：笨笨 & 胖胖、土豆、大姐、二姐、香香、大鸟、叶子、啊姐姐、婧婧、小付、蓓蓓、易姐、NUA子、公司的同事、领导们。你们的鼓励和珍爱是我生命中最重要的财富。特别是我的姐妹们，无论我多么的无理张扬和跋扈，我都被你们宽容着。你们每个人都是我心中的宝贝。

我更要感谢老公的单位——40 厂的所有领导、朋友和同事们，因为你们的支持才有我老公的安心，有了他的安心才有我的今天。

太多太多需要感谢的人和事，就算是说上三天三夜都说不完，我只能一并说上一句：谢谢你们。今年的生日太沉重，也太感动、太幸福了。

我要感谢我的家人，爸爸、妈妈、哥哥、妹妹，在我精神和经济面临巨大压力的情况下伸出强壮的手支撑我、扶持我。

感谢我的大学同学朱建伟和张亚妮。我女儿生病的那年我们已经大学毕业 29 年。这 29 年里我只去山东济南看过朱建伟一次，去重庆看过张亚妮一次。张亚妮来湖北十堰看过我一次。平时我们通过写信、电话、电子邮件和 QQ 联系。我女儿生病的事情我本来不想告诉我的好朋友，不想让她们为我担心。在女儿生病后两个月，我在 QQ 里碰上了朱建伟。才聊了几句，朱建伟就说，你一定遇到什么事情了。她说她感觉到的。我们没有视频也没有语音，她是怎么感觉到的我不得而知，我很感动。我把女儿生病的事情告诉了她。她又告诉了张亚妮。接着她们俩各给我汇了 5000 元钱，还给我发了很多治病的资料。

我还要感谢我的同事，在我女儿生病的过程中在经济和精神上都给予我帮助。尤其是同事杨文，一个和我女儿差不多大的湖南籍年轻医生，他当时经济负担也很重，而且当时和我不在一个科工作。在医院开春节联欢晚会的那天晚上他送我回家并给了我 1200 元钱。后来他被分到我们科，在工作上对我支持很多。还有我的好同事詹亦强，一个比女儿大两岁的上海市的小伙子。女儿刚生病的时候他送过我钱。有一次他看到我在食堂买馒头作为从上海到十堰的火车上的干粮，他很心疼。以后连续几次我回十堰他都从家里带满满一盒鸡块、肉圆和叉烧肉之类的菜给我在火车上吃，他说那是他妈妈亲手为我烧的。这些年来每次想到这些菜我都会泪流满面。今天写到这里我不得不停下去洗一次脸才能继续。我曾经在上海东方广播电台举办的“春节你最想说的一句话里”对詹亦强同事说：“我永远记得你给我带上火车的那些菜，我会用一生的时间去咀嚼、消化和吸收那些鸡块、肉圆和叉烧肉。谢谢你，谢谢你妈妈。”

在女儿治病的过程中，我和女婿曾异口同声地说过一句话："我们都在一只船上。"

在我们这只船上，医生护士是船长，女婿是舵手，女儿是大副，其他的亲人、朋友、同事是船员。

我们在这只与白血病战斗的船上航行了将近3年了。几年来我们经历了无数暴风骤雨、惊涛骇浪的拍打，也体验了天蓝日丽、风平浪静的祥和。

我们这只船大到船头在湖北十堰，船尾在上海；小到我们都紧紧地挤在一起，心连着心，手牵着手。

我们每个人做着不同的事情，为的是一个共同的目标。有困难时我们一起克服，有问题时一起讨论，痛苦时一起流泪，开心时一起欢笑。

我们的每一次查房、打针、喂饭、洗脸都在生产出一块块砖、一包包水泥、一根根钢筋，继而建造出尊重生命、热爱生活的高楼大厦。

我们的每一个鼓励的微笑、会意的点头、支持的拥抱、坦诚的交流、人性的决定都沁着闪亮的爱的水滴，汇成爱情、亲情、友情和人情的汪洋大海，托起我们奔向健康，奔向美好生活的小船、大船、万吨巨轮！

后序：以上是我2012年写的文字。6年过去了，我女儿的身体状况保持很好。3年前医生说不用复查了。2015年她又生了一个宝贝儿子，为她和全家人凑成了一个"好"字。

父母老了我还没长大

我原来一直认为自己是个孝女。尽管在爸爸妈妈 70 岁左右的时候义无反顾地漂洋过海，一离开就是十几年，我还天天躺在“出国前曾帮他们洗过衣服烧过饭，出国后每周打一次越洋电话”的薄薄的成绩单上得意洋洋地在自己的脑壳上戴上了一顶“乖乖女”的大帽子，还心安理得地在自己的脑壳里插上了“孝女”的标签。

直到去年我回到父母身边，经常和他们同吃同住，才一点一点地发现自己以前充其量是有一点孝心或者说愿意做个孝女，实际上并不是个孝女。这每一点发现都会让我产生对父母的愧疚感，我为多年的不孝愧疚。同时我也感激父母这么多年身体健康，让我过去在遥远的他乡日以继夜、接连不断地做着和完成着一个又一个的黄粱美梦从没有被惊醒，今大给了我长大做个孝女的机会。

我发现自己不孝是因为我发现父母老了。我过去不孝是因为只看到了父母持续健康的一面，没有看到父母慢慢变老的一面。作为医生我清楚健康是身体的器官功能正常，相对于疾病

而言，健康的程度根据每个人的遗传基因、生活环境、个人经历和对生活的态度而有很大的差异。作为女儿我忽略了年老是表示身体的器官运转时间的一个刻度，是生命年轮的外圈相对内圈而言，是任何人都不能抗拒的生物规律。我把健康老人误以为是不需要照顾的老人也许受我做医生职业的影响。医生的主要职责是治疗疾病，病人归我管。而老是一个正常的生理现象，没有疾病的老人就是正常人，我原来没有意识到作为正常人的老爸老妈渐渐地变老，需要儿女照管。

我回来后最早的发现是妈妈不太爱走路了。吃好早饭漱口刷牙完毕妈妈不跟老爸出去走，自己坐在沙发上闭目养神，一不小心还打着小鼾睡着了。记在我脑子中的爸爸妈妈都是走路冠军。走路曾经是他们退休以后的主要活动。他们的足迹遍布十堰这个中等城市的各个角落。他们像辛劳尽职的保卫城市的警察，一年365天风雨无阻在大街小巷巡逻。他们像勤勉负责的市政建设官员，对这个城市20多年来新建的每个小区、公园、商场和桥梁从勘探设计、施工竣工、装修绿化到剪彩启用全程目击监测。几十年走下来，他们的行程恐怕有好几个二万五千里长征。记得2011年我探亲回家，帮父母换一套一楼的房子，我和哥哥看房后向妈妈汇报，妈妈没看房子就拍板说行。我说，妈，买房子不是买白菜，你还是去看一下再定。我妈自豪地说，十堰市所有的房子的房型、朝向、周边环境我都一清二楚。走路曾经满足了爸爸妈妈的好奇心、探索欲，让他们联络老朋友，结交新朋友，也锻炼出他们的好身体。原来妈妈还跟我说过很多走路的好处，劝我也多走路。

那天我问妈妈为什么不出去走走，妈妈说上午太冷。下午我陪她出去散步，她领我走了她近期经常走的路线，走路时间也不超过半小时。

我对妈妈的静有点不安，想调动一下妈妈起来活动的积极性。我要妈妈找出羽毛球和拍子，我们俩到院子里打羽毛球。妈妈很愿意打球，可是还没有打顺手妈妈感到累了，羽毛球运动量太大，她有点吃不消。第二天，我拉妈妈到院子里打乒乓球。家属院儿里的乒乓球台是用钢筋水泥做的，台子两端都被很强壮的人用我想象不出来的力量砸出几寸长的不规则缺口，台面上由于长期没人用落满了灰尘。我简单打扫了一下就和妈妈打起了乒乓球。让我没想到的是，在这么差劲的台子上妈妈的球打得相当好，没有热身，没有练习，我们打得像一对老搭档。半个小时下来，妈妈的脸有点发红，额头上沁出了汗珠。她停下来只是脱掉外套，擦了一把汗又接着和我打球。那天下午我们直到该做晚饭的时间才收场。

回家的路上，妈妈有了话题，她兴高采烈地谈到了她这些年打球的趣事。以前她经常到附近的小学去打乒乓球。学校的小朋友很喜欢和她打球，有时候小朋友甚至争着要跟她打。在街上，小球友们碰上她还热情地跟她打招呼并把她介绍给家长。可惜这两年学校不再允许外人进入，妈妈没能和小球友继续打球。妈妈说她也在老年活动中心打过乒乓球，不过那里很多人要排队，有些乒乓球高手不愿意跟她打。

妈妈打乒乓球和说起打乒乓球的时候状态非常好，像个天真的小朋友。这让我很受鼓舞，也很自责。两年前当我看见妈妈在老年活动中心打球的照片时就想过给妈妈买一张乒乓球台，可是因为没有重视迟迟没有下订单。

迟到的乒乓球台子到家的那天，我看出我真给妈妈买到了高兴。乒乓球台子是在中午送到家来的，我让快递员放在家里放杂物的房间里，打算等我哥哥下班回来帮我们打开安装。我猜那天妈妈午觉肯定没有睡着，她早早起来就在杂物间里转悠。我午觉起来按常规慢腾腾地喝水、吃水果，等身体每一个细胞都清醒才站起来准备陪妈妈出去散步。我走进杂物间，发现妈妈正在用剪刀剪乒乓球台的包装带，用手撕包装纸盒。我说，妈，这么重的东西我们俩弄不了，等哥哥回来一起安。妈妈兴奋地说，我很好奇呀，想马上看到它。

妈妈和乒乓球结交的时间可能比我年龄还长，见过、用过各种各样的乒乓球台，她不是对这张普普通通的乒乓球台好奇，而是迫不及待地要看到属于自己的乒乓球台！我被妈妈的兴奋所感染，一边帮妈妈打开包装一边给哥哥打电话要他尽早回来。

在我哥哥回来后妈妈已经对安放有了很成熟的意见。她说，我想把这个台子就放在这个房间里。原来我以为这个杂物间太小，就是放得下台子也容不得两边站人打球，所以想把台子放到门口公共的院子里。现在实物就在眼前，我看到了把这个杂物间变成乒乓球室的可能性。我简单地拿了一根绳子比划了一下，证明了妈妈这个提议的可行性。后来的实践证明妈妈的这个提议的正确性、英明性。随着私家车越来越多，家门口的院子白天是院子，晚上变成了停车场，乒乓球台子到了晚上要么没有立足之地，要么成了路障。我原来想象乒乓球台可以折叠起来靠在一边，不用时不占地方，现在看来这个台子对我和妈妈完全可以说是庞然大物，我们俩不可能把它轻易地折叠或打开。而且，当我们在室内打球的时候妈妈说出了乒乓球台放在杂物间的更多好处：在房间里容易捡球，不论刮风下雨还是烈日当空我们都能舒舒服服地打球。

自从家里有了乒乓球台，我每个周末回家都要和妈妈打大约两个小时乒乓球。有时候我们专注打球，有时候我们边打球边聊天。妈妈每次打球都忘了时间，有时候一次能打一个半小时。妈妈和我打球是活动、是锻炼、是快乐，我陪妈妈打球是休闲、是孝敬、是补过。小小乒乓球在球台的两边穿梭，激起温馨和幸福的涟漪，在我和妈妈心中荡漾。

我很遗憾因为我的疏忽，这种温馨和幸福迟到了好多年。

我感觉到爸爸老了是发现爸爸走路的脚步不像以前那么坚实。在我的心里，爸爸的脚像有吸土、吸石头的功能，站在地球的任何一个地方都稳稳当当坚如磐石。我 19 岁的时候是个下乡知青。那个年代电视机还没有进入家庭。有一回回城休假我闹着要跟爸爸一起到电视塔坐落的山顶上去看电视。爸爸没办法同意了。接近山顶的一段路又陡又滑，上去是爸爸在前面上方拉着我前行，下来是爸爸在前方用脚给我当阶梯，我踩在爸爸的脚筑成的台阶一步一步走下来。

40 年后国庆节前夕，我陪爸爸妈妈上公园，爸爸妈妈都摔了一跤。爸爸 90 岁了，妈妈 80 多岁，我本来该有所防范避免摔跤的，但是我没有思想准备，我还以为是 40 年前跟爸爸爬大山。

那天秋高气爽、花红叶绿，我们来得早，公园里只有少许晨练的人。我们 3 个人在四方山公园漫步惬意极了。当我们走到靠近山边的小路，一组吊床和秋千映入我们的眼帘。老爸眼

疾手快上前一把抓住吊床的绳索跃跃欲试，我上去帮爸爸拉开床面。爸爸的腿还没有抬到吊床的高度，旁边的环卫工叫道：“看那边摔跤了！”我转过头去，妈妈双手拉在秋千两边的铁链上，屁股坐在地上。我让爸爸停下，跑过去扶起妈妈。原来秋千的坐板是可以绕左右方向的中轴转动的，平衡不好就会被转下来。

妈妈摔跤对我应该是个提醒，提醒我不再是 19 岁的知青，爸爸也不是 40 年前的强汉。可是我忽略了这个提醒。

我们跟秋千和吊床拜拜后朝前走，前方有个大概两米高的小平原，上面长了几棵漂亮的松树，有几个年轻人在上面摆着各种姿势照相。爸爸说，我上去看看。我觉得这点儿高度对爸爸来说是小菜一碟，说，上吧。爸爸毫不费力地上去了，我正要跟着上去，爸爸的最后一步没有踩稳，身子一斜摔了下来，幸好我还没开始上，在下面双手抱住了他的头和胸。我吓坏了！我问，爸爸怎么样？他说，手腕痛。我松了一口气扶他起来，在一条石头凳子上坐下。妈妈从包里掏出一个红枣塞进他的嘴里，说，压压惊。我拍下了这温馨恩爱的一刻。

那天的午休我没能入睡，脑子里一遍又一遍地播放爸爸摔跤的镜头。每放一次就心惊肉跳一次，心痛一次，自责一次。尽管我已经带爸爸到医院检查，医生说没什么大问题。我在心里检讨自己没有照顾好爸爸，误把 90 岁身体还是健康的老爸当作 40 年前领我爬山的壮汉。我身体躺在床上，眼睛闭着用脑子向后看，我不仅仅是这一次犯这种错误。以前在外地的不算，从我回到父母身边的第一天开始，我就在一次又一次地犯这种错误。

我回到家乡的那天，吃饭的时候我告诉爸爸妈妈明天要到医院去上班。爸爸妈妈担心我十几年不在本市，医院又比较远，提出来送我。我居然没有反对。第二天早上天还没亮，爸爸妈妈就起来了。59 岁的我吃了妈妈做的早饭后，背着双肩包像上幼儿园的时候一样由爸爸妈妈领着去公交车站，在公交车上坐了一个小时，中间还换一次车。下车后我们一行 3 人步行 2 分钟到达目的地。我兴冲冲上楼去报到，爸爸妈妈目送我到二楼，然后走到车站原路返回。

思绪随着惯性继续滑行。因为医院离家远，医院给我安排了住处。上班第一个月里，老爸老妈来了 4 次。第一次他们送我报到。第二次是老爸老妈要看看我的住处。那次我既没去接，也因为有同学来没有送他们回去。第三次是我周末回家时咳嗽。爸爸问，是不是在家里打扫卫生用凉水太多受凉了？我说，不是。是医院给我买了新家具我开窗通风受凉了。我以为这么说会消除父母的担心，结果第二天中午我还在午休，老爸老妈来了。他们把家里长得最旺盛的一盆芦荟给我搬来清洁我房间的空气，同时运来了他们很久不用，不知道花费了多长时间、多大力气翻箱倒柜才找到的吸附新家具散发出的甲醛的木炭，还有一件厚厚的浴衣。第四次是因为那天我给老妈打电话的时候连续咳嗽了几声，第二天一大早我还没起床，老爸老妈又来了。他们为我送来了红枣、糯米、生姜和冰糖。老妈说吃红枣糯米生姜冰糖煮饭可以治咳嗽。接下来连续好多天我都做红枣糯米生姜冰糖饭吃。周末回去，老妈也煮红枣糯米生姜冰糖饭，不咳嗽的老爸老妈陪咳嗽的我一起吃。以至于到现在我身体的每一个细胞都还是甜甜蜜蜜、柔柔腻腻的。好几次我的

病人问我有什么偏方治咳嗽，我这个不太相信偏方的医生不假思索就告诉他们红枣糯米生姜冰糖饭。而且自豪地对他们解释说，我咳嗽的时候我老妈就给我煮红枣糯米生姜冰糖饭吃。听得这些病人一脸的惊讶和羡慕。

现在回想起来，我那次长达半个多月的咳嗽应该是刚回家乡我的咽喉气管还不适应环境所致。我本不应该跟老爸老妈提什么新家具，更不应该在可能会咳嗽的时候给老妈打电话，害得老爸老妈两手不闲步行到车站，坐一个多小时公交车还爬一层楼来给我送空气清洁剂和治咳嗽的偏方。

回想继续蔓延。其实在外地工作的那么多年，我身体的每一个细胞也因为浸润在父母的电话蜜糖里一直是甜甜滋滋的，要不我也不会心安理得地做了那么多年长不大的不孝女儿。那些年父母在电话里报喜不报忧，老爸老妈总是告诉我，他们吃得好喝得好，要我别操心他们，安心工作。妈妈经常在电话里给我唱歌，她唱的最多的是《我们的生活充满阳光》。

在我跟他们有了近距离接触以后，才发现爸爸妈妈那么多年并不是吃得好、喝得好，他们的衣食住行都因为年老力弱、牙齿不太给力而不尽如人意。父母的衣着陈旧过时但尚能起到保护身体的作用，我还能勉强接受，他们的日常饮食让我深感惭愧。爸爸是河南人喜欢吃饺子。他幸福生活的标准是每周吃一次饺子。老早的时候全家 5 口人吃饭，和面、擀皮、剁馅、包饺子都是妈妈一个人动手。我出国前是妈妈做馅，爸爸买饺子皮回来包饺子。不知从什么时候起，他们开始吃从超市买回的现成的冻饺子，伴随冻饺子进入家门、摆上他们餐桌的，还有从超市买回的冻肉圆。也许是职业的关系，我从不看好超市

的冻饺和肉圆，因为我看不清饺子里面的肉是否新鲜，不知道肉圆子面加有什么调料。我从不吃不清不楚的食物。父母不得不吃我从不问津的食物，是我这个做女儿的不孝和严重失职。

老爸85岁以前住在4楼。我那时候身在他乡，打电话的时候问过爸爸妈妈上楼梯怎么样？爸爸妈妈回答说没问题。我那几年回家探亲总匆匆忙忙，现在想不起来有没有跟爸爸妈妈一起上下楼，也不知道他们是怎么上下楼的。直到最近，我回家后一年，我带妈妈体检，才发现妈妈上楼要两个手轮换着抓住楼梯的栏杆，和我女儿11个月刚学会走路的时候上楼梯的动作一模一样，下楼要一双手在楼梯护栏上滑滑梯、擦护栏。我不知道5年前他们是不是这么上下楼？不知道这算不算妈妈当年在电话里跟我说的上楼梯没问题？细想起来，我回来第二天父母送我去上班的那天早上，我们走过一个天桥，妈妈好像就是这么上下台阶的，只是我当时没太在意，以为是天没有完全亮，妈妈看不清。

给妈妈做体检的那天，我在医院是一名具有高级职称、年龄最大的医师，在父母这里却还是个没有长大的小女孩。化验小便时我拿了一个小便盒给妈妈，带她到女厕所后就去化验室送血液标本，我像平时一样没有耐心等待。我两三分钟后返回来，妈妈还在厕所。我问妈妈好了没有？妈妈说解不出来。我打开门，看见妈妈的一只手竟按在地上帮两条腿支撑下蹲的身体。我猛然醒悟妈妈已经不适合再用蹲式马桶。

父母老了我竟然还没长大！

去年年三十下午，我让爸爸妈妈早点洗澡，我好在看春晚前帮他们把衣服洗好晾起来。妈妈让我帮她放水，我第一次有幸协助妈妈洗澡。背着灯光我看见妈妈背后正中有一条一寸左右的暗带，出于职业的敏感性我第一个想到的是皮肤病。我问妈妈，你这背后一条是什么东西？妈妈看不见摸不着，可是这条带子她是知道的，但从来没跟我说过。她的回答是："我够不到。"我恍然大悟，用手轻轻地搓一搓，暗带变浅了，再搓一搓暗带消失了。

这一条暗带，那天从妈妈背后正中转移到了我的大脑的中央后回感觉中枢，时常提醒我父母老了，提醒我该长大了。

生一次病长三个心眼

经过一天的颠簸、折腾，一遍遍地被询问、察看，蔡鹏飞终于在晚上 8 点钟的时候安定了下来。他的身体软绵绵地放在医院的病床上，迫不及待地要休息，可他的脑子像只在白天被鞭子抽猛了的陀螺在惯性的作用下还停不下来，借着病房壁灯的微弱灯光，思绪一溜小跑返回到两天前。

前天是星期六，蔡鹏飞在整理一份律师业务档案卷宗的时候开始感到头痛，他以为是最近他为这个案子已经两个星期没有给自己放假，身体向他提出抗议了。他坚持把那份卷宗整理完，才离开律师事务所。本来他想去他最喜欢的上岛咖啡去犒劳一下自己，可是肚皮显然也参与抗议的队伍，不想接受食物，甚至有点恶心，他只得向他的身体妥协，回家睡觉。睡觉前他关了电话，取消了每天按时叫他起床的闹铃，他打算明天给自己放一天假，让这一觉无拘无束自由飘扬到自然醒。他满以为这一觉会像以往那样荡涤他的疲劳，抹去他的疼痛，还原他的胃口，让他在周一精神抖擞地出现在他的律师事务所。

第二天醒来时已经上午十点，他躺在床上轻拉窗帘，太阳

光晃得他睁不开眼。十几个钟头睡下来，前一天已经光顾头部的痛不仅没有消失，还向腰背四肢蔓延。他的胃因为休息而空瘪，却不想接纳食物，不时还有酸水往上翻。他怀疑自己得了感冒，查查体温果然有37.8℃。他勉强吃了一碗他觉得比较开胃的酸辣粉，仍然打不起精神。为了周一能正常上班，星期一他要参加两个重要的会议，还约了3个当事人面谈，他找出上次感冒吃剩下的泰诺胶囊，一下吃了两粒，接着倒头又睡。他希望醒来时已经药到病除。

可能是吃了过量的泰诺，这一觉睡到凌晨1点。他忘了自己的不适，翻身坐起。一阵头痛头晕向他袭来，继而恶心呕吐赶来助阵，轻易就把没有一点力气的他打得落花流水，直逼他把上午吃的酸辣粉加上胃液、胆汁都吐出来，再次倒在床上还不肯罢休。

这时他才想到自己的身体可能出大毛病了。过去给自己贴的坚强勇敢、独立自主、顶天立地、攻无不克、战无不胜等成功男士的标签顷刻都褪色脱落，软弱、无助、孤独甚至恐惧争先爬上他的心头。他脑子里竟然还突然冒出“病来如山倒”几个字。想到凌晨不是打扰别人看病求医的好时候，他老老实实躺着，盼着天亮了先去看病，然后去上班。

好不容易熬到5点，他正准备给助手小于打电话，突然感到肚子饿，想吃妈妈做的酒酿圆子，没有多想就把电话打到爸爸妈妈家了。等他洗漱收拾好，爸爸妈妈已经提着他要的酒酿和小糯米圆子到他家了。

听到儿子说感冒了，两天没吃饭，现在想吃酒酿圆子，蔡妈妈心疼坏了。一到儿子家，她马上进厨房，十分钟不到，一

碗酒酿圆子就端上了儿子的餐桌。蔡鹏飞闻着酒酿圆子的香，吃第一口觉得很甜，吃第二口就感到恶心、反胃，勉强吃了三口，蔡鹏飞就放下了勺羹说："吃不下了，我们上医院吧。"

蔡鹏飞和爸爸妈妈来到离家最近的安康医院。夜班医生一脸疲惫但还是和蔼地问蔡鹏飞怎么啦？蔡鹏飞说："可能是感冒了吧，发烧、头痛。"医生问："你量过体温了吗？"蔡鹏飞答："量过，昨天下午37.8℃。还吐过一次。"医生问："有没有感冒的其他症状，如咳嗽、流鼻涕？"蔡鹏飞说："嗓子有点痛。"医生给了蔡鹏飞一根体温表要他夹到腋下，然后看了看蔡鹏飞的嗓子，还用听诊器听了听他的心和肺。体温表显示37.6℃。医生说："查个血，做个脑CT检查。"蔡鹏飞说："能不能先给我挂点水？我8点钟还要赶去开会。"蔡妈妈、蔡爸爸也相信年轻体壮的儿子只是头痛脑热不会是什么大病，附和道："先挂点青霉素，不好我们再查血做CT。"

医生说："也行。我把验血和CT单都给你开好，你上午开完会病情没有好转再过来抽血化验，做脑CT检查。"

输完400万单位青霉素已经快8点了。蔡爸爸问儿子感觉怎么样？有没有好一点？蔡鹏飞感觉不到好转，为了安慰爸爸妈妈，他说好点了。蔡妈妈在医院门口给儿子买了豆奶和芭比馒头要儿子带着路上吃。

整个上午蔡鹏飞仍然头痛，精神萎靡，幸亏咖啡帮他提神镇痛他才坚持把会开完。中午他只吃了早上妈妈给他买的豆奶。下午的约谈都从简从快，草草收场，他没有兴趣和力气去听细节。3点半打发走最后一个当事人后他在犹豫是回家还是上医院，妈妈打来电话问他的病有没有好一点？他敷衍说好一

点。妈妈借机会说，晚上做了他爱吃的大虾，要他晚上回家吃饭。

4 点不到蔡鹏飞要小于开车送他到医院复诊，他害怕今天晚上重复昨天晚上状况。这次接诊的医生还是建议他做脑 CT 检查。做完脑 CT 回到医生诊室，医生对他说，CT 显示你患了脑出血，出血量还比较大，你需要紧急住院治疗。

蔡鹏飞一时懵了，幸亏小于在身边。小于一边给蔡爸爸打电话，一边为蔡鹏飞办理住院手续。等蔡爸爸蔡妈妈急急忙忙赶到医院，小于陪蔡鹏飞已经住进了神经科病房 37 床。

病房的医生又一次询问病史，蔡鹏飞给医生讲述病情，回答医生更多更详细的问题。最后医生又拿听诊器听他的胸部，用手检查他的腹部。再让他伸伸舌头，握握手，抬抬腿。然后对他说："从现在起你要绝对卧床休息。"

接下来的两天蔡鹏飞都昏昏沉沉。蒙蒙眬眬中他好像被抽血、输液，还被推出病房做了核磁共振、B 超等检查，还被做了一次介入治疗。医生用手电筒照过他眼睛，护士给他量过体温血压。好像爸爸喂过他喝了几次水，妈妈握着他的手说过儿子你要挺住。

直到入院的第三天下午，蔡鹏飞的病情有了好转，纠缠他多日的头痛似乎松开了手。他睁开眼睛，爸爸妈妈都在他的床边。妈妈问："头痛好一点吗?"蔡鹏飞点点头。蔡爸爸问："喝点水吧?"蔡鹏飞说："好。"蔡爸爸从开水瓶里倒了半杯水兑了一半矿泉水端给儿子。蔡鹏飞正要坐起来，蔡妈妈一把按住了他，说："医生让你绝对卧床，你侧过身来喝。"水喝了不到一半，蔡妈妈把水杯拿住，说："喝点牛奶吧，多少还有

点营养，几天没吃饭了。”蔡妈妈把在微波炉里加热的半杯牛奶递给儿子，蔡鹏飞喝了一口，觉得没有什么不舒服，又喝第二口。妈妈又递过来一块蛋糕。蔡鹏飞吃了一口蛋糕后说：“好了。”蔡鹏飞闭上眼睛又睡了。

第二天早上7点多，蔡鹏飞醒来时爸爸在他床边。爸爸问他：“你感觉还好吗?”蔡鹏飞说：“好，今天头不痛了。”爸爸问：“早上想吃点什么?”看见隔壁38床病人正在吃白粥，蔡鹏飞说：“我也想吃白粥。”爸爸说：“好，我给你妈妈打电话。”

蔡妈妈听说儿子想吃白粥，高兴地说：“好，很快就到。”蔡妈妈有条不紊地一边用高压锅压白粥，一边用小锅煮了两个自己做的咸鸭蛋。出门的时候她还带了两包榨菜。

大概4年前从家里搬出来住了以后蔡鹏飞就没吃过白粥，蔡鹏飞今天觉得就着榨菜吃白粥，配上妈妈牌的渗出红黄色蛋黄油咸淡正好的咸鸭蛋特别香。他说：“好长时间没吃过这么好吃的早饭了。”蔡爸爸蔡妈妈对视了一眼，压在心里的石头落下了地。

上午医生查房。医生对38床病人说：“你恢复得很好，今天可以出院了。”蔡鹏飞接上去问：“医生，我今天也很好，是不是也可以出院?”医生笑着说：“你今天感觉好，但是你脑子里的血肿还没有完全吸收，病变的血管也还没完全长好，你还得观察治疗一段时间。”

医生走出病房后，38床病人的家属对蔡鹏飞说：“身体最重要，你还这么年轻，要老老实实把病治好了再出院。”

蔡妈妈对儿子说：“这个阿姨说得对，你就安心治病吧。

你们事务所没有你照样转，我们家里有了你才能转。儿子你要好好爱惜自己，我今后不再催你相亲结婚生子，你就是闹同性恋妈妈也不干涉，我们只要你好好的。前几天你昏迷不醒，把我们都吓坏了。你爸爸从你来医院都没有离开过这个病房。”

看着妈妈抹眼泪，蔡鹏飞心里一阵感动。看着爸爸熬红的眼睛和憔悴消瘦的脸，想想这次生病的过程，他真切地感到生命和与生命联系的亲情爱情比他的业绩、比他的地位、比他赚来的钱更重要。他暗暗决定今后要好好爱自己，爱父母，爱一个爱他、他也爱的女人。

蔡鹏飞一把拉住妈妈的手，说：“妈，我这不是好好的吗？我答应你多住几天，身体全好了再回去。”

妈妈破涕为笑，在儿子的床边坐下。她从衣兜里掏出一张她记下来的这几天来看儿子的人的名单给蔡鹏飞说：“这些人来看过你，打钩的三个女孩子来过两次。你看哪个要重点表示一下？”蔡鹏飞见妈妈又要乱点鸳鸯谱，推辞说：“妈，我都脑出血了，还跟人家表示什么呢？”蔡妈妈说：“医生说你的脑血管上的病变已经完全修复，你这个病又不遗传，今后结婚生孩子没问题。”

蔡鹏飞说：“你刚才不是说不跟我谈结婚生孩子的事情吗？”

蔡妈妈说：“你就赶快找个人结婚成家，过上正常生活我就不说了嘛。你现在生病住院，我还能跟你说句话，平时我想跟你说话也不容易。一个月也见不了你一次面。每次回家你都匆匆忙忙。不是一个接一个地打电话，就是累得筋疲力尽倒头大睡。就是吃饭那点时间跟你说几句话，你也是左耳朵进右耳

朵出。你大姨小舅都说我福气好，儿子是大律师，没结婚都买了房。我倒是羡慕他们儿女每个星期带着孙子外孙回去蹭吃蹭喝，一家人在一起热热闹闹。”

蔡鹏飞说：“妈妈，这个你已经说100次了。我早就知道了。现在我有点头疼，你让我睡一会吧。”妈妈说：“好吧，你睡。我回去给你做午饭。你中午想吃什么？”蔡鹏飞说：“油焖大虾。”

加上住院前两天，蔡鹏飞已经睡了五六天了，他现在头确实有一点痛，睡意倒是没有。他说想睡觉是不想听妈妈再说下去。可现在妈妈人回去了，她的话却留在病房里，在他耳边反复播放。

34岁的蔡鹏飞早已经是二级律师，平时他耳朵收集的信息量太大，所以耳膜上过滤孔自动缩小以减少他内耳接受信息的压力。能通过这些过滤孔进入他内耳继而传送到大脑加以分析、辨别然后变成记忆的大多数是老板的指令、委托人或当事人的资料、结案的证据、银行出入账户的短信、还有股市财经新闻等。尽管妈妈的话一车皮一车皮地运来，绝大多数都被过滤掉，能勉强挤过耳膜过滤孔进入他内耳的寥寥无几。

现在他生病了，耳膜上的过滤孔自动开大，妈妈的话才能够大规模地得以通过。

细想起来妈妈说的有道理。自己这个儿子做得确实不如表姐表弟好。原来不仅大姨小舅表扬他，他在姥姥姥爷举办的家庭聚会上也流露过优越感。其实表姐和表弟的天资不比他差，他们和他一样都继承来自姥姥1/4姥爷1/4的遗传基因。上学的时候学习成绩和他也不相上下。只是自己读了文科，学了法

律，当了律师几年后才和学理科在会计事务所当会计的表姐和在工厂当工程师的表弟在收入上拉开了距离。没结婚就买了房，不错，可是首付大部分还是爸爸妈妈帮忙凑的。而且自己今年已经34岁了，表姐表弟平均28岁结婚，自己在29岁的时候也没买房更付不起每月5000块的月供。现在收入比表姐表弟高，花销也比表姐表弟高，一日三餐不是洋外卖就是进饭店，穿品牌，戴名表，经常出差乘飞机坐高铁，每个月所剩未必比经济实惠型人才的表姐表弟多。最重要的是爸爸妈妈从自己的所谓高收入中只得其名未得其实，一分钱好处也没有捞着。

从进入实岁29虚岁30开始，结婚生子就成了妈妈跟他唠叨的漏斗底，妈妈跟他说话在漏斗开阔的上部任何一个位置从任意一个话题开始，很快都会滑到这个漏斗底上来。

说起他的婚姻，不仅他爸爸妈妈头痛，他自己也叫苦不迭。在当今社会结婚的前提是恋爱。蔡鹏飞从14岁开始和女同学有点意思到现在他已经断断续续谈了20年的恋爱了，恋爱的对象不算网上虚拟的，把相过亲见过面的都加上一个排是有了。恋爱的时间从二三个小时到二三年不等，花过不少金钱、精力、心思，至今仍未修成正果。有时候他还真是有点羡慕过去包办婚姻，有父母之命媒妁之言即可，省去了劳民伤财的谈恋爱。

翻开厚厚的恋爱记录，恋爱对象的照片随着岁月的流逝一张比一张鲜亮、艳丽、洋气，而恋爱的情节却是按照时光倒流的顺序一个比一个单纯、清晰、味浓。

施雅洁的名字呈现在他恋爱记录的第一页。施雅洁是他初

中的同学。从初一到初二上半年，施雅洁只是他的同学。初二下半学期，他们班英语老师为了改变同学们哑巴英语的状态，在英语自习课的时候要英语口语比较好的英语课代表施雅洁在讲台上领着全班同学读英语课文。蔡鹏飞记得老师讲过发音的口型和舌位很重要，所以他的耳朵在听施雅洁发出的声音，嘴巴跟着施雅洁读以外，眼睛一直地盯着施雅洁的嘴巴看。几天以后，蔡鹏飞悟出个结论，施雅洁英语读得好听是因为她的嘴巴长得好看。口唇的周长和厚度适中，颜色红润有光泽，牙齿整齐洁白，无论这张嘴发唇齿音、舌尖音、舌根音都激起美妙的声觉和视觉效果。渐渐地，他的目光从施雅洁的嘴巴上游走到施雅洁的鼻子、眼睛、耳朵，也飘过施雅洁的颈、胸、腰和腿。他看施雅洁的反应也从视而不见、目中无人到赏心悦目、心旷神怡到怦然心动、热血沸腾。最后他的眼睛和耳朵组装成的摄像机拍下的施雅洁的纪录片、特写塞满了他的脑子。

施雅洁不仅声音好听，长得好看，心灵也美。为了提高同学们练习英语口语的兴趣，她把外婆给她买的讲述美国家庭生活的《走遍美国》的书和系列磁带带到教室供同学们用。她还组织对英语有兴趣的同学在周末到人民广场英语角去练习听说英语。蔡鹏飞参加英语角的活动不是对学英语有兴趣而是迫于施雅洁对他的强烈的吸引力。没想到他还大有所获，他的摄像机拍到了在学校拍不到的施雅洁梳披肩发穿漂亮连衣裙的镜头，而且他还当上了临时护花使者。

有一天在姥姥家看到表姐的马尾辫上的紫红色丝质蝴蝶结很好看，蔡鹏飞马上想到施雅洁要是戴上这个蝴蝶结一定更好看。他吃好饭借故提前离开姥姥家跑了好几个商场的女生头饰

专柜。看到一种觉得适合施雅洁的蝴蝶结，他会从货架上取下来，然后取出存在脑子里的施雅洁的特写镜头，把蝴蝶结放在镜头中的施雅洁头上看看效果。经过十几次反复试镜，最后还是买了表姐戴的那种紫红色丝质蝴蝶结。

蔡鹏飞把蝴蝶结装在书包里一个星期也没成功地送给施雅洁。尽管他几次明知故问英语发音问题，施雅洁都面带微笑耐心细心地回答，他甚至在放学路上指着一个头戴蝴蝶结的女生对施雅洁说那个蝴蝶结戴在头上是锦上添花，施雅洁也点头赞同，蔡鹏飞还是没有胆量把蝴蝶结从书包里拿出来送给施雅洁。正在他为这个事情苦思冥想的时候，他的机会到了。

那个周四老师宣布英语课代表施雅洁同学要回户籍所在地参加中考，明天放学前为施雅洁同学开个简单的欢送会，请同学们做好准备。

一开始蔡鹏飞还特别高兴，这真是天赐良机，在欢送会上他可以把蝴蝶结作为留念品送给施雅洁。他以为施雅洁只是去参加一个考试而已。直到欢送会上几个女生为了今后不能再和施雅洁朝夕相处而流泪，蔡鹏飞才知道施雅洁的爸爸妈妈早年支援内地建设离开了上海，虽然她从出生到现在一直跟姥姥姥爷在上海生活，但她的户籍只能随爸爸妈妈在内地。所以施雅洁不能在上海念高中，他今后也再没有机会跟施雅洁读英语、到人民广场的英语角做施雅洁的护花使者。

蔡鹏飞饮泣吞声地度过了十多天后决定化悲痛为力量。因为施雅洁是班上的文科尖子，蔡鹏飞打算今后把学习的重点放在语文、英语、历史上，高中读文科班，争取上大学和施雅洁再相会。

高中阶段文科班里不乏能说会道英语好的美女，但是蔡鹏飞身体的那点荷尔蒙消耗在了离他千里之外的施雅洁身上，无暇光顾其他女生。不过他和施雅洁的交流方式是单向的独特的，不通书信，不通电话，想施雅洁的时候他就把存在脑子里的短片拿出来看，对着根据他想象拍摄出来的头上戴着他送的那个蝴蝶结的施雅洁的特写说话。

当荷尔蒙和人生目标的方向一致的时候，身体的内动力和外动力形成最大的合力做最大的功创造出最大的效益。蔡鹏飞三年高中成绩突飞猛进最终考上了复旦大学法律系。在新生报到的那一天，蔡鹏飞找遍了复旦大学文科系的新生的名单，没有发现施雅洁三个字。后来听说施雅洁被保送上了她户籍所在省的一个著名大学的英语系。

这时的蔡鹏飞脑子容量比上初中时大了很多，经受打击的能力也大大增强。他平静地把施雅洁的短片剪辑、压缩、打包后放进储藏室。蔡鹏飞恋爱史第一页翻篇。

蔡鹏飞在大一第一学期快要结束时开始真正意义上的恋爱，双向的、有语言表达、有肌肤接触的那种。那年学校法律系和新闻系联合组织新年晚会，蔡鹏飞和新闻系的沈梦菲被推荐为男女主持人。他俩一见钟情，演出结束的那天晚上就一起吃夜宵，眉目传情，难分难舍。尽管喝了点酒，才学了不到半年法律，蔡鹏飞还是没忘模仿老师旁敲侧击探查沈梦菲的户籍。得知沈梦菲的父母和本人都是上海户籍，蔡鹏飞高兴地说，为上海户籍干杯。

大二的时候，蔡鹏飞和沈梦菲已经海誓山盟如胶似漆。两人出双入对穿梭于学校和双方的家。大三下学期，课余时间到

律师事务所做见习律师的蔡鹏飞以为他和沈梦菲恋爱胜券在握，跟沈梦菲谈起了买房结婚生孩子的话题。不料在大四一开始，蔡鹏飞感觉到沈梦菲对他的感情有点降温，他以为是热恋过后的自然降温没太在意。沈梦菲跟蔡鹏飞提出分手的时候，蔡鹏飞以为她开玩笑，当沈梦菲道出真相他还真的傻了眼。

原来刚刚过去的那个暑假里，沈梦菲的姑姑从美国加州回来。姑姑那年已经68岁，没有子女，这次回来是挑选一个侄儿或侄女到美国去和她一起生活，将来继承她的财产。她经过两个星期的考察，选上了沈梦菲。她说她将资助沈梦菲在美国继续深造，然后在美国工作，拿绿卡，入美国国籍。沈梦菲的爸爸妈妈提及女儿有男朋友的事情。姑姑说，在美国的中国好男孩很多，到美国去再找男朋友最好。当然如果现任男朋友自身条件好一起过去也行，前提是男朋友不是学医学和法律专业的，因为这两个专业的中国学生在美国深造难、就业难，因此在那里没有很好的前途。

沈梦菲对姑姑挑上自己非常高兴，她想去美国读研究生，也喜欢姑姑的花园洋房。刚开始她面对“三洋”（当洋人、住洋房、继承洋财产）和蔡鹏飞这个单选题很纠结，经过家人苦口婆心的劝说外加几次求职面试失败、大学生招聘会的冷遇，她最终选择了“三洋”。

见习律师蔡鹏飞本来以为他和沈梦菲的相爱属实，证据确凿，只等法官宣判他们俩的夫妻关系成立。想不到美国的硕士学业和花园洋房为本案揭示了一个疑点，整个案子被全部推翻，让他败下阵来。原来蔡鹏飞以为男女两份爱情的面粉放在一起用水和匀揉光就可以做成婚姻的大饼。经过一段肝肠寸

断、捶胸顿足的漂洗，蔡鹏飞认识到爱情太脆弱，需要面包、牛奶、房子掺和进去才会坚韧，才能成为承载婚姻的大梁，就像水泥和碎石、沙子等混合后才能形成抗压、抗拉、抗剪、抗渗、抗冻、抗侵蚀的混凝土，浇筑出支撑房屋的大梁。

有了这种思想上的飞跃，蔡鹏飞在以后的恋爱中也学会了斤斤计较、挑肥拣瘦、货比三家甚至吹毛求疵。

蔡鹏飞恋爱史的第八页左上角挂着韩佳琦的照片。蔡鹏飞和韩佳琦是经人介绍认识的。韩佳琦是个中学老师，长相、职业、收入、家庭和户口都和蔡鹏飞相当。韩老师在讲台上严肃认真，在蔡鹏飞这里也小鸟依人。约会不到一个月蔡鹏飞还动了真情，从心里暗暗地感激他们的月老。

由于两个人都已立业，而且都超过了国家规定的晚婚年龄，双方父母达成共识，蔡鹏飞韩佳琦也同意缩短恋爱时间，尽快结婚。这一回蔡鹏飞在爱情的面粉里毫不吝啬地加进鸡蛋、奶油、砂糖、色拉油、柠檬汁和鲜奶，充分搅拌混匀，然后将蛋糕浆液倒进直径为 20 寸高为 30 寸的不锈钢器皿中，再把装满蛋糕浆的器皿放入大烘箱中。蔡鹏飞关上烘箱门的那一刻看了看表，然后拿出碟子和叉子准备吃婚姻的蛋糕了。没想到这回蔡鹏飞自己出了问题，没等到蛋糕烤好他先撤了火，已经发出香味的蛋糕又没吃到。

韩佳琦的一个做医生的学生家长好心送给她 4 份免费体检表。蔡鹏飞对自己的健康很有信心对体检并没有兴趣，为了讨韩佳琦欢心才假装盼望已久跟韩佳琦和韩佳琦父母一起到医院做了一次体检。结果韩佳琦被查出来是乙型肝炎病毒携带者，俗称“小三阳”。刚开始蔡鹏飞还不以为然，小三阳算什么？

有人还敢跟艾滋病病人结婚呢。他上网瞟了一眼小三阳。网上说乙肝病毒可以随着血液到达人体所有的体液中，如汗液、唾液、精液、阴道分泌物等，所以理论上这些体液都有传染性。蔡鹏飞这么一看心里起了毛，好像乙肝病毒从网页上通过鼠标从他的手指进入了他的心脏。他后来不敢拉韩佳琦出汗的手，不敢和韩佳琦接吻，他也知道他这么做不地道、不男人，但他每次有和韩佳琦亲近的冲动时，躲在心里的病毒就要跳出来捣乱，以至于他没法跟韩佳琦亲密相处，最后不得不跟韩佳琦提出分手。

这样十几个回合下来，蔡鹏飞晋升为二级律师的时候也晋升为恋爱老手。他购买鸡蛋、奶油、果汁、香精的能力越来越大，而自身生产荷尔蒙的量有减无增，恋爱的热情也一直坐滑梯下降。尽管频繁相亲约会，在公共场合和女友勾肩搭背秀恩爱也面不变色心不跳，婚姻的蛋糕都因蛋糕浆液里爱情的面粉和添加的鸡蛋奶油等不适当没能吃上。

中午饭的时候，看着妈妈端来的油焖大虾，蔡鹏飞的胃开始扩张准备接纳，唾液腺也开始分泌准备消化，他的脸上也露出了满意的笑容。蔡鹏飞从爸爸手里接过两张湿巾擦手后从妈妈手里接过筷子夹了一只虾放进嘴里，边吃边说，还是妈妈做的菜好吃。

蔡鹏飞吃好饭，一床之隔的 38 床来了一个和他爸爸一样大年纪的新病人，新病人满面通红，被家属和护工抱上了床。蔡鹏飞上午输液的时候睡了将近两个小时，刚刚的饭补充了能量，突然有了看医生询问检查病人的兴趣。

医生和蔼地跟病人打招呼说：“您好。”病人没有回答。他

身边的家属说："我叫唐伟，是他儿子，他叫唐广超，今天开始不会说话。"接着唐伟大致说了他用笔写字跟爸爸了解到的发病的经过。

昨天夜里唐广超被小便憋醒，他朝床边挪，打算起来上厕所，发现自己右边的手不听使唤。他以为是睡觉压麻了，用左手撑着坐起来。下床时发现右腿也发软，他坚持朝前走了一步，结果被重重地摔在地上。这一跤把他还在半睡眠中的脑子给摔醒了，尿也给摔出来了。他在地上躺了几分钟后，全身开始打哆嗦，他这才想到自己需要得到帮助。他勉强爬到床头柜前，用左手摸到手机，笨拙地翻出儿子的手机号码，用拇指按了拨打键。儿子的电话打通了，音乐放了一大段，但是儿子没有接听。打了三次儿子都没接，他想儿子的电话可能又在白天上课时设置成在会议状态晚上回来忘了设置回来。他猜自己一定是中风了，又试着打救护车的电话 120。120 电话很快就接通了，也有人接。120 那头温和地说，早上好，请问有什么需要帮助的吗？听到这话，他感到很激动，马上要把自己的遭遇告诉对方，请求对方的帮助。但是他发现自己舌头根发硬，讲不出话来。120 那头又询问了两次，在没有听到他回话后挂断了电话。他再次拨通了儿子的电话，儿子还是没接。他失望了。他试着爬上床已经力不从心，只好伸手把被子从床上拽下来，顾不上脱掉尿湿的睡裤，把被子裹在身上坐在地上等天亮。

数学老师唐伟上午 9 点上完第一节课后才发现半夜 12 点 10 分到早上 8 点有 7 个爸爸打来的未接电话，心里一惊。马上打回电话过来，唐广超听到电话铃声后按了接听键，但还是说

不出话来。他担心儿子也会像120电话那样挂掉电话，就用手机在地上敲打弄出点声音来。唐伟马上听懂了爸爸的意思，在电话里说了声老爸我马上来就赶快请假驱车赶到家，发现了躺在地上瑟瑟发抖的唐广超。

医生从上到下给唐广超检查了一遍，对唐伟说："你爸爸脑子里管理语言和右边半身活动的中枢因为血管堵塞没有营养供应而失去了正常的功能。他需要在这里接受两到三个星期的治疗。可能会留下后遗症。"

唐伟说："医生请给我爸爸用最好的药物，多花点钱不要紧。"医生说："最好最贵的药物可以溶解血栓、疏通血管，让病人能马上站起来。前提是这种药物要在病人发病4.5小时内使用。你爸爸来医院时估计发病十多个小时了，只能接受一般的常规治疗。另外你爸爸昨天夜里受凉，现在发高烧，有可能并发肺炎。"

蔡鹏飞想幸亏我的语言中枢没有出毛病，要不律师也当不成了。

那天晚上，蔡鹏飞一觉醒来，看见两条亮晶晶的光柱反射出壁灯的光芒。他仔细看，两条光柱的背景是唐伟的脸，他这才看出来唐伟坐在他爸爸的床边流眼泪。他以为唐广超的病情在他睡觉的这几个小时加重，生命垂危，想安慰一下这个和自己同龄的人。为了不吵醒睡在他床边的爸爸和其他病人，蔡鹏飞拿出手机，把他的微信号显示给唐伟。

唐伟反应过来，加蔡鹏飞为好友，他们在微信里聊起来。

蔡鹏飞自我介绍后说："我来的时候情况也不好，昏睡了三四天，这两天好多了。你爸爸也会好起来的。"

唐伟说他爸爸的热度已经退了不少，可能昨天夜里没怎么睡，现在睡得很熟。

蔡鹏飞说："你也累了一天了，到护士那里借个躺椅休息一会。"

唐伟说："我心里很难过，我恨我自己。我不该把爸爸一个人丢在家。"

唐伟一直跟爸爸住一起。他老婆两个月前怀孕，食欲不振，最近经常回娘家吃妈妈专门做给她的小灶。昨天晚上唐伟陪老婆回娘家后没有回来，而且忘了把调在会议状态的电话调回正常状态。

蔡鹏飞说："不要太自责。你不是故意的，千万不要跟自己过不去，你爸爸以后还靠你照顾呢。"

唐伟说："我不仅让我爸爸失去了治病的最佳机会，还剥夺了我爸爸获得幸福的机会。"

蔡鹏飞给唐伟发过来三个问号。

唐伟道出了原委。在唐伟 9 岁时，妈妈在一场交通事故中过世。虽然爸爸加倍呵护，唐伟的心里正中间的那个位置一直装着妈妈。他上小学六年级的一个星期天，爸爸早上给他煮了他最喜欢吃的荠菜馄饨。他一口吃了两个馄饨。爸爸问他好吃吗？他说好吃。爸爸说："这是张老师包的，你喜欢吃，以后叫她经常给你包馄饨。"12 岁的唐伟听懂了爸爸的意思，他放下刚吃了一口的馄饨回到自己的房间和衣躺下。

爸爸说的张老师唐伟认识，是唐伟小学的音乐老师。听说年轻的时候很挑剔，拖到三十多岁还没结婚。前几天唐伟的铁哥们方超神神秘秘地问他爸爸是不是要娶张老师当他的后妈，

他还矢口否认。在他心里，他只有一个妈妈，而且后妈就是恶妇的代名词，他爸爸绝对不会跟恶妇沾边。今天爸爸说的话完全推翻了唐伟原来对爸爸的判断，这让唐伟伤心不已。

爸爸以为他和原来一样闹一会儿小脾气就好，谁知到了中午，唐伟还是不肯起床吃饭。爸爸慌了，坐到唐伟床边说："我们家就你我两个人，有什么事情说出来，我们协商解决。"

唐伟说："我不想上学了。"爸爸问："为什么？"唐伟说："你要给我找后妈，我在同学们面前抬不起头。"爸爸说："我们没做错事情，怎么会抬不起头？"唐伟说："反正我就是不要后妈，你要找后妈我就到乡下姥姥家去住。"

爸爸想了想说："好，那你今后也不要再贪玩。"唐伟说："我争取考上师大附中。"爸爸说："成交，不要后妈。"唐伟说："拉钩，师大附中。"

从此爸爸再没和女人来往，唐伟也成功考上师大附中，继而华东师范大学。现在任师大附中数学老师。

从去年自己结婚以后，唐伟对当年和爸爸拉的不公平合约的钩感到后悔，好多次都想跟爸爸谈谈，解除那个合约，可是在爸爸面前他没有打开他那张在学生面前侃侃而谈、滔滔不绝的口。有时候他还用爸爸年龄大了有儿子的保护就够了的谬论来为自己解脱。

唐伟说要是爸爸和张老师在一起，这次生病了也不会失去最佳治疗时机，现在可能已经接受溶栓治疗完全恢复。唐伟还说爸爸现在既不会说话，又瘫痪在床，恐怕以后再也没有了给他找后妈、过上幸福生活的机会。

唐伟给蔡鹏飞发了 3 个大哭的表情图。

蔡鹏飞以一个律师的口吻说："也许事情还有转机，希望你爸爸早点好起来。"

第二天早上，蔡妈妈给蔡鹏飞和蔡爸爸送的早餐是荠菜馄饨。蔡鹏飞吃完馄饨放下碗说："好吃。"蔡妈妈说："那明天早上还给你包馄饨。"蔡鹏飞说："妈妈我要给你签个协议。"蔡妈妈啊了一声表示疑惑。蔡鹏飞说："我要保证你今后天天快乐幸福。"

蔡鹏飞没想到这句原来觉得肉麻起鸡皮疙瘩的话今天这么轻松自然没有阻力就冒了出来。他估计一定是夜里唐伟单方跟他爸爸取消的合约存进了他的脑子里，经过几个小时的发酵转化成了他和妈妈的单方合约。蔡妈妈看看蔡爸爸，然后摸摸蔡鹏飞的头高兴地说："你没发烧吧儿子。"蔡爸爸说："今早体温 36 度，生一次病长一个心眼嘛。"

唐伟陪他爸爸出去做 B 超检查的时候，蔡鹏飞跟爸爸妈妈谈起了唐伟和他爸爸的故事。音乐老师这个词勾起了蔡妈妈的联想。她说，去年年底在区里开志愿者表彰会的时候听到过一个住养老院的志愿者阿姨的故事。这个志愿者原来是小学的音乐老师，将近 40 岁才嫁了一个丧偶的工人。前些年丈夫得了癌症整天住医院，开刀、放疗、化疗都做过。因为经济困难这个阿姨跟丈夫商量后卖掉了房子，钱一半给丈夫的儿子做首付买婚房，一半给丈夫看病。丈夫在的时候她在医院附近租了个一室户。丈夫走了她怕孤独住进了养老院，每天下午 3 点半到 5 点半作为志愿者到小学负责晚托班的工作。

蔡鹏飞问这个人姓啥，蔡妈妈说："不知道。"蔡鹏飞问："你记得谁跟你说的这个老师？"蔡妈妈说："这个记不清了。

那个老师上台领奖的时候，坐在身边的志愿者大妈给我讲她的事情，我当时还蛮感动的。”

蔡鹏飞说：“你讲的这个老师和唐伯伯的那个老师从年龄和职业上看有点像是一个人。如果真是一个人，如果他们还能再续前缘，唐伯伯脑子的病肯定会好得快一些，唐伟的心病也会减轻。这个故事还会成为一个释放正能量的电视连续剧素材。”

蔡妈妈说：“儿子你想当红娘了。”

蔡鹏飞说：“这件事要真这么巧，这个红娘应该是你，是你给我提供的线索。”

蔡爸爸笑着说：“儿子你自己的事也要加油。”

蔡鹏飞说：“没问题，你们准备好明年抱孙子。”

蔡妈妈说：“下次志愿者活动，我帮你打听一下那个老师。”

蔡鹏飞说：“下面的事情不麻烦你老人家。你儿子是律师，做这种事最拿手。”

寻找张老师，要先征得唐伟的同意。等唐伟闲下来，蔡鹏飞问他是否知道当年的张老师现在的情况。唐伟说他不知道，当年他上小学的地方现在成了证券公司。蔡鹏飞把他妈妈听到的老师的故事讲给唐伟听，然后问唐伟：“如果我妈说的这个老师就是你爸爸当年的那个张老师，你想做点什么吗？”

唐伟说：“最多去对她说声对不起，我爸爸已经是这个样子，别的题解我这个数学老师也得不出来了。”

蔡鹏飞说：“也许是这回我的脑子病得不轻，我突然非常敬重爱情。我觉得这个卖房子为丈夫看病，住养老院还出来做志愿者的阿姨值得得到你画家爸爸的爱情。”唐伟说：“这个事情正定律成立反定律不一定成立。那个阿姨值得得到我爸爸的爱情没错，反过来我爸爸现在没有能力给予别人爱也难得到别人的爱情。而且那个阿姨是不是就是张老师，你这个讲究事实的大律师还没有弄清楚。”

蔡鹏飞说：“鉴于你最近比较忙，我现在全职生病没有事情做，侦查确认的工作你可以全权委托我来办。后面的事情交给你。”唐伟说：“行，如果真能接上被我剪断的姻缘，我既尽孝、又积德还赎罪。我不会也染上你的脑出血吧？”蔡鹏飞说：“你别装病，到时候不要忘了付我的劳务费。”唐伟说：“没问题，你儿子今后上师大附中我包了。”蔡鹏飞说：“这个太远了，你马上要做的事情是帮我找到儿子他妈。”

唐广超经过两天的治疗，体温已经降到正常，精神大有好转。

午饭后，蔡鹏飞看着唐伟为爸爸刮胡子，脑子里幻想着唐广超和张老师在一起的照片。一张是张老师在唐广超床边拉手风琴，一张是张老师挽着唐广超在公园散步，还有一张在唐伟家里，唐伯伯为张老师画素描。他不禁嫉妒起这个唐广超来。

蔡鹏飞打开存在自己脑子里的前女友照片箱。施雅洁的单人照的照片袋早就上了封条。他和沈梦菲、赵娇娇、李秀娟、曹秀梅、郭嫣然等人合照的照片袋也上了封条，因为这些照片里的前女友都是主动跟他分手的，他认为和她们合照的照片没有必要再打开看了。没上封条的照片袋有 7 个，这些袋子里装的照片上的前女友都是被他甩掉的。

蔡鹏飞一个一个地回想他跟这几个前女友提出分手的原

因。张晓华花钱如流水，喜欢吃西餐，逛品牌店，品牌服装、流行手机更新换代过于频繁，尽管家境殷实长相漂亮，蔡鹏飞觉得不适合做老婆。叶清是追星族，对大小歌星都很痴迷。经常拉着蔡鹏飞和她一起看演唱会，头戴荧光帽，手持荧光棒，兴奋不已地摇头晃脑大喊大叫。演唱会结束还必须去吃夜宵，经常弄得蔡鹏飞头晕脑胀、精疲力竭。李婷在选择男朋友的时候左摇右摆、优柔寡断，这山望着那山高，吃着碗里看着锅里。她在和蔡鹏飞谈恋爱时异性朋友太多，还和两位男士约过会。

相比起来，他和韩佳琦分手的原因太荒唐。自己一个堂堂七尺男儿，竟然被只有在电子显微镜下才能看到的微小病毒颗粒弄得乱了方寸六神无主。他后来听一位专家说细菌和病毒并没有那么可怕，它们从某种意义上也是我们生物链的一部分。而且他那次体检的化验单已经显示，因为做过乙肝的预防注射，他身体内已经有了对付乙肝病毒的专门武器抗乙肝病毒表面抗体。如果哪个病毒胆敢入侵他的身体，他根本不用动一个指头，这些抗体就会自动一拥而上把它先包围后消灭确保他的身体不被破坏。

他和韩佳琦最具有特色的合照是在韩佳琦家厨房里你炒菜我做饭或者在餐厅里共享自制家常菜的情景。韩佳琦的爸爸是厨师，经过耳濡目染，韩佳琦也会变着花样做小菜。还喜欢在蔡鹏飞面前显示这方面的才华。他们约会的地点经常在农贸市场，做饭烧菜是他们约会的一个内容。韩爸爸做了好吃的也会打电话请蔡鹏飞来品尝。所以和韩佳琦谈恋爱的那段时间，蔡鹏飞不仅大饱口福营养均衡，而且省了他一大笔上饭店咖啡馆

的恋爱基金。

蔡鹏飞的目光滞留在韩佳琦脸上，愧疚从心里慢慢涌出来，渐渐地渗透到他的全身。蔡鹏飞在懊恼的情绪里进入午睡的梦乡。

一觉醒来已经是快下午 4 点了，本来还想懒一会，寻找张老师的冲动揪了揪他的耳朵，揉了揉他的眼。他侧过身子，跟坐在床边的爸爸要了一杯水喝，然后从枕头下面拿出电话像回到了办公室一样开始侦查工作。不过在开始工作前，他干了点小私活。他突发奇想心血来潮要给韩佳琦打个电话。

他翻出韩佳琦的电话号码，鼓足勇气按了拨打键，他心里突突跳了两下，希望韩佳琦看见是他的号码把电话给挂了，这样他就可以安心开始工作。他现在觉得他在韩佳琦面前有点抬不起头，别说韩佳琦挂他的电话，就是把他像违反实验室规定的学生一样招到她办公室训一顿也不觉得过分。但是电话里却传出了你拨打的电话是空号的语音提示。这让他感到是韩佳琦害怕了，逃跑了。这给了他乘胜追击的勇气。他又翻出韩佳琦办公室的电话号码，一下就拨了过去。电话接通后他听到电话那头一个女性“喂”的声音，他以为是韩佳琦。两年半前他和韩佳琦谈恋爱的时候，韩佳琦化学组里只有她一个女老师。他有时候在喧闹的地方给韩佳琦办公室打电话，只要迷迷糊糊听到是女的声音，就肯定是韩佳琦，他就可以肆无忌惮地说，我今天不能按时下班，你们吃饭别等我，给我多留点红烧肉就行，我一结束就过来。或者是，我过 10 分钟到你们学校门口，你赶紧下来。现在韩佳琦不是他的女朋友了，他不能再对她指手画脚，发号施令。蔡鹏飞回答了声：“你好”。对方没听出来

他是谁，问道："请问你找谁？"他这才听出来接电话的不是韩佳琦。他说："请找韩老师接电话。"对方答："你打错了吧，我们这里没有韩老师。"蔡鹏飞说："这怎么会呢？你这里不是市二中化学组吗？"对方说："是，但是我们学校至少两年内没有姓韩的老师。"说完对方挂了电话。这个女老师一定是把蔡鹏飞当成用电话纠缠女性的无赖。

这个电话更激起二级律师蔡鹏飞要侦查韩佳琦去向的愿望。韩佳琦上哪里去了呢？韩佳琦是喜欢市二中的，工作环境好，同事之间也很和谐，而且市二中离韩佳琦的家步行只要15分钟。韩佳琦曾经自豪地告诉他，大学毕业那年因为她在《化学教育报》上发表的一篇文章受到业内好评，好几个学校想要她，她选了市二中。要么她改行不做老师了？这更不可能。韩佳琦是热爱她的职业的。老师工作稳定，早8晚5，除了全部的法定假、双休日都休息外，还有寒暑两个假期，加起来一年超过1/3的时间在休息。韩佳琦一年不用写请假条的休息日比蔡鹏飞写请假条及不写请假条的休息日的总和还多好几倍。最重要的是韩佳琦迷恋在讲台上教学生们配平各种化学方程式，痴迷于在实验室里为学生展示魔术般的旧的化学键断裂、新的化学键生成并伴随着变色发光发热现象的化学变化。

那是什么原因使韩佳琦在两年以前的什么时候离开市二中呢？蔡鹏飞自以为是地想到了他自己。会不会是韩佳琦被他抛弃一时伤感做出了不合常理的事情呢？这么一想，他感觉自己一下从律师变成了被告。蔡律师当然不愿意坐到被告的位置上，他要跳回到伸张正义的律师的位置上。

为了逃脱罪责，蔡鹏飞恨不得立即到市二中去找韩佳琦原

来的同事肖老师问清楚韩佳琦为什么离开市二中，去了哪里？可是他现在是脑出血病人，医生要他绝对卧床。不过即使没有生病他也不敢去学校找肖老师，他担心肖老师会揍他。当年肖老师也爱上了韩佳琦，只是韩佳琦选择了蔡鹏飞。肖老师一度对蔡鹏飞虎视眈眈，有韩佳琦撑腰蔡鹏飞才敢进化学组办公室的门。后来韩佳琦为肖老师介绍了个小师妹，肖老师才停止了和蔡老师的争夺战。他把韩佳琦抢到手后又把她重重地甩出去，他无论如何也没有胆量去见肖老师。蔡鹏飞权衡了几秒钟，决定在离学校至少10公里以外的医院给肖老师打个电话。

化学组的电话再次响起，还是那个女老师的声音。蔡鹏飞说请找肖老师听电话。听到肖老师一声喂，蔡鹏飞说："肖老师我是蔡鹏飞。"肖老师问："你有什么事情？"听起来肖老师根本不记得他。也难怪，肖老师当年心里装的是韩佳琦，而不是他蔡鹏飞。还好肖老师没有挂电话。蔡鹏飞问："请问韩佳琦哪里去了？"肖老师说："她到美国去了。"蔡律师追问："她是去学习还是工作？"肖老师说："她去美国结婚、生孩子、享清福。"肖老师把电话重重地挂了。蔡鹏飞从电话的忙音里闻到了醋的味道。受到肖老师的感染，蔡鹏飞的心里也开始泛酸。

这个结果毫无悬念地把蔡鹏飞从被告的位置又推回到了律师的位置上。蔡鹏飞这才开始定下心来侦查张老师。

蔡鹏飞先从唐伟描述的张老师的线索开始查。

蔡鹏飞打电话给在静安区教育局财务科工作的朋友王浩，请他帮忙打听一个已经退休的老教师。具体情况让助理小于去一趟跟他面谈。听王浩很爽快地答应，蔡鹏飞又打电话给小于

要她到教育局找王浩了解 20 年前位于宝水路上的宝水小学的去向。然后查查当时在那个学校教音乐的张老师现在的情况。

蔡鹏飞自作主张把带有私密性含浓厚感情色彩的案件交给小于，主要是自己目前确实不能一马当先，也是出于对小于的信任。蔡鹏飞和小于的关系有点微妙。去年小于毕业后来到所里就给蔡鹏飞当助理。小于先喜欢蔡鹏飞，周末约蔡鹏飞出来喝茶聊天。当蔡鹏飞快要忘记自己比小于大一轮准备反被动为主动的时候，发现小于和一个同龄男性一起在上岛咖啡吃饭。没等他盘问，小于就道出了原委。小于的爸爸是医学院的教授，于教授的一个博士生两年前就开始追小于，于教授也有意把女儿嫁给自己的这位得意门生。但是尽管博士生比蔡鹏飞认识小于早，小于跟蔡鹏飞来电更快。那次开诚布公的谈话以后，他们俩在感情上都后退了一步，在工作的配合上还进了一层。

第二天下午小于来汇报说，原来的宝水小学被合并到了广北南路小学。张老师在合并前就调走了。现在广北南路小学里的老师都不记得张老师的去向。

蔡鹏飞打了一下方向盘，换个方向，根据蔡妈妈提供的信息查住养老院还在小学做志愿者的退休音乐老师。他先在网上查了本区所有养老院的电话号码，依次打电话询问，没有找到符合退休音乐老师和在小学做志愿者两个条件的人。这时蔡妈妈再次请战，蔡大律师批准妈妈去试试。蔡妈妈还真从区志愿者协会打听到了在尔东小学做志愿者的退休音乐老师。当蔡妈妈把写着音乐老师姓名、年龄、电话号码等信息的纸条交给蔡鹏飞时，蔡鹏飞惊呼难怪当年我一心要学法律，原来是遗传了妈妈的大侦探的基因。蔡鹏飞马上按纸条上的电话号码给音乐老师张秀珍打电话。电话里传来拨通的声音，可是没有人接听。当天晚上、第二天全天接着打，都没有人接听。蔡鹏飞又派小于在下午 4 点到尔东小学找张老师，得知张老师在两个月前已经离开尔东小学。这条线索又断了。

好在现在有了张老师的名字，蔡鹏飞请他的公安哥们儿帮他查。蔡律师这次没抱很大希望，公安只能查一个人的户籍所在地址，而很多人并不在户籍所在地生活。然而，公安从户籍入手查到了张秀珍的户籍和她的继子在一起。这样小于在张秀珍的户籍所在地找到了张秀珍的继子赵毅，赵毅和继母关系融洽，保持联系。小于从赵毅那里得到了张秀珍正在进行时的电话号码。

在蔡鹏飞用心尽力查找张老师的这十几天，唐伟也毫不示弱，为蔡鹏飞找儿子他妈的工作也开展得非常顺利。他写了一个相当于征婚广告的电子邮件在他的工作圈和朋友圈里群发，呼吁寻觅夫君或找女婿的跟他联系。唐伟线放的长、网撒的大，还真有不少鱼儿上钩落网。那几天唐伟的电话络绎不绝，他一下子成了电话接线员。打电话来询问的有女人也有男人，有年轻人也有老人。唐伟一遍一遍地向询问者推销蔡鹏飞，同时收集对方或对方的女儿或朋友的信息传达给蔡鹏飞。经过双向选择，蔡鹏飞和师大附中特级教师乔重宽在市食药品监督管理局做检验官的女儿乔媛玲开始了以结婚为目的的恋爱。

这段时间唐广超也没闲着，每天接受药物、高压氧、针灸、推拿、按摩和康复训练等治疗。半个月下来，学会了说常用的单字词和两字词，如：好、不、痛、吃饭、睡觉、洗脸等。瘫痪的右腿也能费点劲儿抬离床面。

蔡鹏飞病愈出院的那天晚上迫不及待地给张秀珍打电话，为他第一个阶段的工作画个句号。蔡鹏飞在电话里说："张老师，我和唐伟是您的粉丝。我们对您还这么大年龄还在学校做志愿者很钦佩。所以我们想做您的志愿者，您今后有需要出力气跑腿的事情我们帮您办。"张老师说："那我先谢谢你们。"蔡鹏飞又说："我是正大律师事务所的律师，我叫蔡鹏飞。唐伟是师大附中的数学老师。张老师您原来在哪个学校工作？"张老师说："我最早是在静安区的宝水小学工作，后来在浦东新区的江南中学工作到退休。现在在临港新城的晨光中学发挥余热。"蔡鹏飞大喜，说："唐伟是宝水小学毕业的，你肯定教过他音乐。张老师你什么时候有空，我们碰个面？"张老师说："好啊，跟年轻人在一起我也会变年轻。"他们约定两天后的那个周六在晨光中学见。

唐伟和蔡妈妈说的老师果然是一个人，唐伟不得不佩服蔡鹏飞律师的敏锐。这些天来，爸爸的病确实有好转，但是比发病前的状况还差十万八千里，而且医生预言他不可能回到从前。爸爸和张老师能不能朝蔡鹏飞想象的前景发展还是个大大的问号。毕竟 20 多年过去，张秀珍还有过一段十几年的不错的婚姻。不过，他还是愿意接过蔡鹏飞递过来的接力棒试着把事情做下去。

唐伟星期五晚上把车洗得干干净净，还买了一箱红富士苹果、一箱光明牛奶准备送给张老师，他认为牛奶和水果是女人的必需品。蔡鹏飞理所应当地和唐伟一起去看张老师，他说他很高兴把接力棒交给唐伟后再陪跑一程。没有想到这次临港之

旅却让他与临港新城结下了不解之缘。

在去临港新城的路上，唐伟和蔡鹏飞达成共识，这次和张秀珍的会面主要是相互了解不一定要谈及唐广超的事情。

张秀珍在学校门口迎接蔡鹏飞和唐伟，然后带他俩到一间教师办公室。张秀珍虽年过六十，身材体态保持良好，风韵犹存。聊完天气和时事新闻后唐伟问张秀珍为什么放弃在市中心条件好的学校来到郊区条件较差的民办学校工作？张秀珍说："因为这里的韩校长。韩校长和你们一样同情我的处境，聘我到这个学校来做音乐老师。我现在除了做帮助学生食堂开饭的志愿者，还带两个班的音乐课。学校每月发给我 2000 元的工资，还给我提供一间 12 平方米的职工宿舍。这样我可以根据我自己的需要和爱好安排我的吃住，每月还省下了住养老院的 2600 元钱，手头上有了一点积蓄，将来如果生病，可以请个护工什么的。"

韩校长帮助张秀珍的故事也很感人，但是这个故事只感动了唐伟，没有感动蔡鹏飞，因为此时蔡鹏飞的注意力在韩姓校长本人而不是韩校长做的事情上。

和大多数成功人士一样，蔡鹏飞不一定记得自己的每一次胜利，但对自己的每一次失败都刻骨铭心。他办得漂亮的案卷都锁在办公室的文件柜里，而那些没有办好的无头案的枝枝丫丫都移植在他的心上，根根须须都盘生在他的脑沟里。这些根须枝丫可能在不经意中被牵拉触碰，引起心中原本的静水荡漾，休眠的思维冒出火花。

蔡鹏飞问张秀珍："韩校长叫什么名字？"张秀珍说，平时叫她韩校长，记不得她的名字。张秀珍笑着说："我年轻的时

候也记不住别人的名字。”蔡鹏飞问：“女的，30来岁，教化学的？”张秀珍说：“是，你认识？”蔡鹏飞又问：“她住在附近？”张秀珍说：“她家住市中心，她每天乘地铁来上班。听说她老公在美国。”

蔡鹏飞在心里把韩佳琦的枝丫和韩校长搭到一起了。他不由得对晨光中学产生了好奇。那天他特意参观了一圈学校，并在校长室门口留步观望。从学校的门卫那，蔡鹏飞得到了校长室的电话号码。

第二天星期天，蔡鹏飞第一次体会到度日如年的滋味。星期一他提前到办公室，跟小于说9点钟之前不要打扰他。他关上门坐下来喝了口水定了定神才拨通了晨光中学校长室的电话。接电话的是个男性，蔡鹏飞忍住失望说：“你好，我找韩校长。”对方说：“韩校长已经去了教室，请你过40分钟再打来。”蔡鹏飞的心情如坐过山车，大落之后有大起。他问对方：“可以告诉我韩校长的手机号码吗？”对方说：“你等一会儿还是打这个电话吧。”

蔡鹏飞眼睛盯着手表的分针转了40圈后再次拨通了校长办公室的电话。电话那头一声柔柔的“喂”重重地拨动了蔡鹏飞的心弦，让蔡鹏飞一时忘记了该说什么。电话里传过来的确实是他很熟悉的韩佳琦的声音。

韩佳琦以为是腼腆的农民工为孩子找学校，习惯地说：“这里是晨光中学，请问有什么事情需要我帮助吗？”韩佳琦热情的声音感染了蔡鹏飞，他说：“佳琦，你好。”

这下轮到韩佳琦触电。她跟着说了一声“你好”。蔡鹏飞很快恢复了状态，他像从前那样对韩佳琦说：“晚上一起吃个饭?”韩佳琦现在也跳上了绝缘板，她回答说：“蔡大律师大概不知道，我现在已经结婚了。”蔡鹏飞说：“吃个饭不要紧吧。”韩佳琦说：“我下班了要回家抱儿子，没时间出去吃饭。”蔡鹏飞问：“你什么时候有空?”韩佳琦说：“最近都没空，我现在有事情，以后再聊，挂了。”说完韩佳琦挂了电话。

蔡鹏飞找韩佳琦就是想当面说声对不起，现在找到人了对不起没说还是结不了案。蔡鹏飞一不做二不休，匆匆做完当天必须完成的事情，下午3点开车直达晨光中学。

四点钟，韩佳琦开完会走进办公室一眼就看到了坐在她办公桌旁边的蔡鹏飞。蔡鹏飞站起来说，我到这边来办事，顺便看看你。蔡鹏飞说的是谎话，可每个字都蘸满了诚恳的水，滴滴答答地浸润着韩佳琦的心。韩佳琦心一软，给了蔡鹏飞一个微笑，这个微笑马上挤走了蔡鹏飞脸上的不安和愧疚，并全面地占据蔡鹏飞的脸。蔡鹏飞说，不打扰你的工作，我在学校大门口等你。一会儿一起回家。

在回家的路上，蔡鹏飞跟韩佳琦说了对不起。韩佳琦也介绍了自己的家庭情况。老公正参与美国的一项重大研究工作，一年只能回家一次。韩佳琦不愿意做全职太太，也舍不得把儿子航航交给保姆，只好回国请父母亲帮忙带儿子。蔡鹏飞开始有点嫉妒韩佳琦的美国丈夫，后来又有点可怜韩佳琦母子，也希望有机会能帮助这母子俩。

蔡鹏飞对韩佳琦的可怜并没有影响他和新女友乔媛玲恋爱的平稳发展。乔媛玲喜欢蔡鹏飞的温柔和老成，她觉得和蔡鹏飞在一起无论是在感情上还是经济上都有安全感。乔媛玲是被乔老师富养大的女儿，有气质、有风度，有文化、有见识，工

作好、收入高，还比蔡鹏飞小 8 岁，蔡鹏飞对乔嫒玲也很满意。美中不足的是乔嫒玲任性、自我。她是上海市人民的食品检察官，她也以为她是蔡鹏飞衣食的裁判官。她和蔡鹏飞的约会地点、时间，他们在一起享用的菜饭、酒水、饮料全是她说了算。那天上班时没事上网随便溜达，发现一个打折直飞海南度周末的旅游广告，她没跟蔡鹏飞打个电话就抢了两个订单。弄得蔡鹏飞不得不临时取消了周末陪爸爸妈妈去体检的安排。好在蔡鹏飞现在对女朋友很包容，他觉得爱老婆应该让着老婆允许老婆在自己面前任性，所以他接受乔嫒玲气质风度的优点的同时高高兴兴地接受了她的任性自我的缺点。

唐广超经过三个月的治疗病情明显好转，已经能借助助行器自己行走，用简单的句子表达自己的意愿和需求。这让唐伟对爸爸今后的幸福有了点信心。他想安排爸爸和张秀珍见个面。

那天，他专门跑到蔡鹏飞事务所跟蔡鹏飞说，他想在爸爸出院的时候组织一次去滨江森林公园的游园活动，一来庆祝爸爸出院；二来让爸爸和张秀珍在这次活动中接触一次。唐伟想请蔡鹏飞和乔嫒玲参加，目的是要蔡鹏飞把韩佳琦请出来。唐伟说如果韩佳琦肯参加，他请张秀珍就有了底气，而且有韩佳琦陪同，张秀珍也会自然舒坦一些。唐伟承认韩佳琦是他请出张秀珍的杀手锏。

唐伟这么一说，蔡鹏飞曾经可怜韩佳琦要帮助韩佳琦的念头被从遗忘的角落拎了出来。蔡鹏飞很明白，他自己请韩佳琦和航航出来玩十有八九要遭拒绝，就算是十中的一二被通过，他还得过乔嫒玲这道关。请韩佳琦出来帮唐伟的忙为张秀珍好

顺便带韩佳琦和航航出来玩既没有了遭拒绝的可能，乔嫒玲的这道关也不用过，既成人之美实际上也成了他蔡鹏飞之美，蔡鹏飞当然一口同意，心里还美滋滋的。实际上张秀珍也是唐伟送给蔡鹏飞请出韩佳琦的一张底牌。

蔡鹏飞当即就拿起办公室的电话给韩佳琦亮了他的底牌，韩佳琦果然吃这一招，欣然同意参加游园。蔡鹏飞得意地将食指和中指竖起分开，给唐伟显示他的初战告捷。然后他提醒韩佳琦带上儿子航航。他的理由是让这次游园活动更加轻松自然。韩佳琦说："不行吧，我儿子一岁半，正是淘气好动的时候，恐怕误了你们的大事。"蔡鹏飞说："不会，那天你和唐伟照顾两位长辈，我专职管航航，保证让他玩得开心。小孩子应该多出来接触大自然。"韩佳琦本来也想带航航一起出来玩，听蔡鹏飞这么说就答应了。而且还主动提出她在周五晚上请张秀珍到她家住以便第二天早上出行。

唐伟的杀手锏也很管用，张秀珍稍微犹豫了一下就同意参加活动。

接着蔡鹏飞和唐伟开始分工准备这次游园活动。唐伟自以为是这次游园的发起者和受益者，主动承担了物质供应的工作，负责采购雨伞、太阳帽、饮料、水果、零食等。蔡鹏飞上网游了一趟公园，了解园内最好的景观、最佳游园路线和最适宜的休息餐饮地点。考虑到他信誓旦旦地要照顾好航航，他还去买了一个彩色幼儿益智玩具天平秤，又买了一个儿童安全座椅安放在他车子驾驶员后面的座位上。反正将来他和乔嫒玲有了孩子也要用。

星期六一早，蔡鹏飞的车上装着乔嫒玲，唐伟的车上带着

他老婆许雅娟和唐广超直奔韩佳琦家。唐伟让爸爸坐在驾驶员背后的座位，许雅娟坐在公公旁边，把副驾驶的位置留给张秀珍。乔嫒玲习惯地坐在副驾驶的位置，韩佳琦坐在后排航航身边。

周五晚上蔡鹏飞就向乔嫒玲坦白了韩佳琦曾经是他的女朋友，重点讲了韩佳琦已经结婚，并且和在美国做科学研究的丈夫有了儿子航航。这个重点在周五晚上让乔嫒玲安心。可是第二天早上看到为航航安装的安全座椅和仍然清秀亮丽的韩佳琦，乔嫒玲不禁开始泛酸。而且她很快把对韩佳琦的酸转变为对蔡鹏飞的甜。她知道如果蔡鹏飞和韩佳琦还有一点牵连，她对蔡鹏飞的甜将转变成对韩佳琦的苦，或转变成快刀，斩断两块断藕之间的连丝。

韩佳琦对乔嫒玲的表演视而不见，她不仅对乔嫒玲的那点把戏有免疫力，她还有航航这把保护伞。她一路上给航航讲路边的建筑、树木和花草，还给儿子讲起了童话故事。在乔嫒玲眼里，韩佳琦简直就是反戈一击秀起了母子情。

唐伟把张秀珍迎上车后先把爸爸和许雅娟介绍给张秀珍。张秀珍认出唐广超，她的心突然快速有力地跳了几下，眼睛也不由地睁大变圆，嘴里吐出的“早上好”三个字也有点变调。当唐伟给许雅娟和爸爸介绍张秀珍时，唐广超望了张秀珍一眼，他没说一个字就把目光转向车窗。好在许雅娟赶紧接上说了个早上好。唐伟替爸爸解释说他因为脑梗塞住了三个月院，病还没完全好。

随着唐伟的车轮开始向前朝着滨江森林公园滚动，张秀珍脑子里记忆的轱辘快速地向后转。经过时光岁月的冲刷，生活酸甜苦辣咸的腐蚀，20 年前清晰亮丽色彩鲜艳的儿女情长的彩色照片如今已变成了不白不黑的灰色的似曾相识的轮廓线，不钻心不刺眼，但是这轮廓线却忽隐忽现地把过去和现在连接起来。张秀珍现在碰到了唐伟和蔡鹏飞跟她联系的枝丫，根在哪里，这个枝丫将来怎么伸展对她还是个谜。

唐广超那天的表现有点让唐伟失望。唐广超不仅视张秀珍为陌生人，说话少，对游园没有兴致，而且一步也不肯走，全程坐轮椅。这和住院期间唐伟带唐广超到医院的花园晒太阳时唐广超总是积极地要求自己推着轮椅练习走路，把轮椅当助行器，只有走累了才坐上轮椅让儿子推着走完全不同。唐伟问爸爸有没有不舒服，唐广超说没有。唐伟和蔡鹏飞猜想唐广超一定是因为脑梗塞记忆力受损，把过去的事情忘记了，或者那天有太多的人在一起老人心理上不适应，所以没有平时积极活跃。

蔡鹏飞对游园活动很满意。他庆幸自己成功地说服韩佳琦带航航来参加活动。不仅满足了他的心愿带航航好好地玩一天，到公园后，航航又成了他的保护伞。那天蔡鹏飞切实履行照顾航航的职责，时而把航航抱在怀里、扛在肩上，时而和航航追逐玩耍，给航航照相。这样让韩佳琦玩得轻松尽兴，把乔嫒玲的心思从他的身上推到绿树红花清水上，避免过去和现在女朋友之间的没有烟火的战争。

蔡鹏飞病愈出院后一直在父母家住。他减少了各种交际应酬，一般在晚上 8 点妈妈发困前赶到家。那天晚上回到家里已经 9 点多，蔡鹏飞见妈妈还在等他，愧疚地说：“对不起，今天要送好几个人回家，自己回来晚了。”蔡妈妈心疼地说：“你

身体刚刚好不要弄得太累。”蔡鹏飞说：“不累，滨江森林公园还真不错，哪天带你和爸爸去玩玩。”蔡妈妈问：“环境好吧，今天听你爸爸说滨江森林公园是黄浦江、长江和东海三水并流的位置。”蔡鹏飞说：“是啊，我给你看今天拍的照片。”

那天蔡鹏飞拍的最多的是风景照片，蔡妈妈看了连声称好。看到航航的照片时，蔡妈妈问：“这是谁的孩子？”蔡鹏飞说：“是一个朋友的孩子，他爸爸在美国，他是在美国出生的，也算是个美国人。”蔡妈妈问：“他爸爸妈妈都是中国人吧？”蔡鹏飞说：“是。”当看到一张唐伟拍的航航坐在蔡鹏飞肩上的照片时，蔡妈妈说：“这孩子长得很像你。”蔡鹏飞说：“你眼睛花了，快去睡觉吧。”

蔡鹏飞洗完澡，把换下来的衣服放进洗衣机，按了开机电钮，躺到床上很久没能入睡。妈妈的话像一个手指点开了他思绪的电钮。他第一眼看到航航也觉得很面熟，他原来不太喜欢孩子，今天对航航却不厌其烦万般耐心百依百顺。小家伙对他也自来熟很亲近。算起来他和韩佳琦分开两年多，一岁多的航航还真有可能是他的孩子。

这个联想把他一天的疲倦也赶跑了，他一骨碌爬起来打开电脑把照片传入电脑里，在电脑的大显示器上仔细地看航航的照片。他又打开自己小时候的照片看，航航和自己小时候长得是很像。航航会是自己的孩子吗？

他被自己提出的问题吓到了，他感到他的联想正举起巨大的拳头向他、向他和乔媛玲的爱情、向他日益走向正规的生活还有韩佳琦让人羡慕的中外合作家庭狠狠地挥来。

他的思绪赶快缩回来。一岁多的航航也完全可能是韩佳琦到美国后有的。航航其实长得像韩佳琦，儿子像妈妈符合自然规律，他和韩佳琦曾经是情人，见到旧情人的儿子觉得眼熟也很正常。他现在喜欢孩子也不足为奇，自从逃过脑溢血一劫以后他对所有的人都好了一圈，何况前女友的儿子实在讨人心疼、令人喜爱。小家伙缺少父爱，今天有人带他出来玩，拿出肩膀让他坐，拿出背让他爬，他自然要对此人亲近。要说长相，没有血缘关系长得像的有，有血缘关系长得不像的也有，他做律师的见得多了。

想到这里他松了一口气，好像他巧妙地躲过了向他挥来的拳头。然后他的思绪从航航来到韩佳琦这里。从这两次跟韩佳琦的交往来看，韩佳琦表现得轻松自如、幸福美满，丝毫没有流露出被伤害受委屈的神情。而且她的丈夫是洋博士，不可能笨到让已经怀孕的韩佳琦能蒙混过关的程度。他的心更加踏实了。

但是，他的思绪又拐了个弯，如果航航是他的孩子，韩佳琦在分手时没有拿孩子当筹码迫使他跟她结婚，也没有拿掉孩子，而是给孩子找了个爸爸，把孩子生下来，好好养育孩子，说明韩佳琦是个好女人。如果这个弯拐得对，当年他已经残酷地毁灭了韩佳琦的爱，现在他没有一点权利来打扰韩佳琦费了九牛二虎之力才修补安顿好的生活。

他只能选择不研究航航的身世，今后把航航和韩佳琦当亲人一样来关心和爱护。想到这里，他的困意也来了。

唐广超出院后，除了不同意儿子为他请保姆以外，其他在家的表现都让唐伟欣慰。唐伟每天早晚带唐广超出去散散步、透透气，午休时间赶回来为他弄点便饭。唐广超白天自己在客

厅和卧室的空位置上练习走路，活动筋骨，累了坐下来看书看报看电视。家庭生活在一个新的轨道上运行得还算顺利。有点遗憾的是，虽然唐广超的右腿走路一天比一天利索，但右胳膊右手的功能迟迟不见恢复。唐广超只能用左手持勺吃饭，穿宽松便衣，勉强生活自理。

爸爸和张秀珍的事因为爸爸生病唐伟本来没抱很大期望，看爸爸已经忘却了张秀珍，也没从蔡鹏飞或韩佳琦那里得到关于张秀珍的反馈，唐伟就把这件事放到了一边。他估计爸爸今后的生活就是这样了。

出院两个月后的一个上午，唐伟因为感冒怕影响其他老师提前回家。他惊奇地发现爸爸正在画室里用左手画画。更让他难以置信的是，爸爸用左手画的都是那天在滨江森林公园的情景，而且每一幅画中都有张秀珍，张秀珍的表情和服装还画得真实生动逼真。

唐伟从爸爸生病开始就把爸爸当老小孩了，他拍拍爸爸的肩膀表扬说："爸爸你真棒，这么多天了你还记得这些场景。"唐广超用左手在他和唐伟交流专用本上自豪地写到：画家的脑袋就是他欣赏的人物和场景的自动摄像机。

唐伟忽然茅塞顿开接收到了爸爸的灵感，他指着画中的张秀珍问："这个人你认识?"爸爸脸红红地在交流本上用左手说："是你小学的音乐老师。"唐伟说："你认出她了，那天装糊涂?"唐广超说："我现在又老、又病、又残，不想吓着她。"

在唐伟做饭时，唐广超又给儿子写道："很巧啊，蔡鹏飞是韩老师的好朋友，韩老师是张老师的好朋友，要不我也不可能见她这一面了。"唐伟端上饭菜后告诉爸爸："其实那天你和

张老师是我专门邀请的游园嘉宾，我在20年前破坏了你们的好事，那天就是想让你们见见面，看你们还有没有戏。看你像不认识张老师似的，我以为没戏了。蔡鹏飞和韩老师那天是你们的配角。”

唐广超用左手在交流本上说：“什么有戏没戏，她不是老早就结婚了吗?”唐伟把张老师的现状告诉了唐广超。唐广超用了一顿饭的工夫考虑，吃过午饭他对唐伟说：“我们这个星期五去学校看看她。如果她愿意，接她来家过周末。我虽然有病，还有个落脚点。”

唐广超这边发生了喜剧式的变化让唐伟始料不及，唐伟只好再求蔡鹏飞出马通过韩佳琦打听一下张秀珍的想法。并把爸爸的画拍了下来传给蔡鹏飞，以示爸爸的诚意。

张秀珍游园以后思想上也活跃过一阵。她能感到她再次和还是单身的唐广超的相逢，是唐伟和蔡鹏飞精心安排的这次活动的主题。那天晚上她翻出封存了20年的当年唐广超为她和她的学生画的画。回忆起他们当初相识的情景。

20多年前唐广超已经是区里小有名气的画家，张秀珍在学校任音乐老师兼一个班的美术课。那次唐广超在小学附近的一个机关礼堂办画展，美术爱好者张秀珍参观后在展方提供的观后感里问能不能在展览结束时允许她班上的小朋友来免费参观一次？唐广超当天打电话到张秀珍办公室邀请她和她的学生随时来参观。打电话后第三天，唐广超被一群穿戴五颜六色衣服的小朋友簇拥着身着洁白连衣裙的张秀珍参观画展的情景感动了，当即拿起笔画下了这张画送给她，并给了她一张名片，邀请她和小朋友参观他正在筹划的另一个画展。

尽管昔日枝繁叶茂的爱情大树只剩下了光秃秃的枯树桩，她那天着实从唐伟主持的游园活动中感到了唐家热情如火的家庭气氛。应该说，到晨光中学工作后她的生活状态比先前有所改善，但每天晚上一个人在房间里也难免孤单寂寞。她想象过枯树发芽的美丽，也向往过投入唐家的温暖。可现实是唐广超因为岁月或因为生病已不再认识她，她自己也人老珠黄而且一无所有，枯树发芽可能性不大。

正在她快要忘记这件事的时候，韩佳琦来找她，给她看了唐广超专门为她画的左手画的照片，鼓励她听从爱情的召唤。张秀珍矜持了半下就同意去唐广超家做客，她说至少她想欣赏一下老画家的近期作品。

蔡鹏飞没有再考虑航航的身世，可是航航确实改变了他。和乔嫒玲一起逛商场，他会来到儿童玩具柜为航航挑选一个玩具，和乔嫒玲一起吃质量信得过的饭店，他会为航航点两个菜打包送过去。开始他担心韩佳琦的父母会因为他抛弃了他们的女儿而记恨他，几次交往下来他发现韩爸爸韩妈妈心胸宽阔、不计前嫌。这让他和航航的接触和交流畅通无阻。空下来的时候哪怕半个小时，他也会去接航航出来兜一会儿风，给航航讲一个故事。

这个变化是人人看得见、蔡鹏飞说得出口的。人家航航的爸爸为了没有国界的也可以说是全人类的科学研究顾不上自己的妻儿，他举手投足只为完善孩子的童年。乔嫒玲因吃航航妈妈的醋向蔡鹏飞提过抗议，甚至和他吵过一架。蔡鹏飞为了两头兼顾想收航航为义子，好名正言顺地照顾他。

还有一个蔡鹏飞和乔嫒玲都难以启齿、外人看不出来的变

化。因为潜意识里担心航航第二，蔡鹏飞在身体上和乔媛玲拉远了一点距离。对蔡鹏飞这个改变敏感的当然只有乔媛玲。但是她不知道原因是航航，她有病乱投医，哭哭啼啼地找到了韩佳琦。韩佳琦以为她是再世华佗有回天之力，她当着乔媛玲的面给蔡鹏飞下了一副重药。她在电话里对蔡鹏飞说，请你以后尊重和你在一起的女人，认真地和乔媛玲谈恋爱，不要再装大佬去帮我带儿子。我儿子他爸爸最近要来接我们到美国去了。

蔡鹏飞情感和身体上的问题不仅伤及乔媛玲，他自己也感到困惑不安。韩佳琦的药治不了他的病，为了根治他的这个毛病，他专门去看了这方面的专家，而且还拿到了他自己确认的灵丹妙药。他假装随意地从韩爸爸那里打听到航航的生日是1月1号。他确切地记得他和韩佳琦最后一次会面是那年的情人节，那么韩佳琦第二年生的孩子跟他一点关系都没有。可惜灵丹妙药没能立竿见影、药到病除，网上说有的病完全治愈需要几个月甚至更长的疗程。所以蔡鹏飞恳求乔媛玲给他一点时间，这对恋人在不冷不热中僵持了好几个月。

接下来的那个寒假，唐伟的老婆生了个眉清目秀的千金，有张秀珍陪伴唐广超，唐伟安心地在丈母娘家陪坐月子的妻子和刚出生的女儿。看到爸爸和张秀珍幸福地生活，唐伟得女的喜悦感更加浓厚。新学期开学前，唐伟征得张秀珍的同意，帮韩佳琦的学校物色了一个退休音乐老师，为张秀珍在学校办理了辞职手续。张秀珍做起了全职唐太太。

正月十五上午，蔡鹏飞接到韩爸爸的电话，邀请他中午到家里吃午饭。蔡鹏飞提前离开办公室，买了两瓶韩爸爸喜欢的绍兴黄酒来到韩家。菜都上桌后韩妈妈领着航航到房间里吃

饭，蔡鹏飞意识到韩爸爸有要紧的事要跟他谈。

韩爸爸给他们各自斟了一杯酒后说：“我先罚自己一杯，替我女儿向你道个歉。她三年前跟你分手到美国去和初恋结婚，肯定伤你不轻。现在你还这么讲情意，经常来关心她和她儿子，我和她妈妈要谢谢你。”蔡鹏飞开始有点糊涂，后来才明白原来韩佳琦把他俩分手的责任揽在自己身上。怪不得韩爸爸韩妈妈这半年对他态度这么好。他不能昧良心跟着附和，也不敢说出真相。他冠冕堂皇地说：“我们那时候太嫩，过去的事情不提了。今后我们好好过。”

韩爸爸说：“你说今后好好过我赞成，我就是因为想今后好好过才请你来的。”听了这话，蔡鹏飞有点慌了，他的病根还没有祛除，他还心虚。他喝了一口酒为自己壮壮胆，然后说：“韩伯伯有什么话您请讲。”

韩爸爸喝了一口酒，又吃了一口菜才说：“你是个律师，我想请你帮个忙。”蔡鹏飞听了如释重负，原来是工作上的事情。蔡鹏飞说：“我能做的事情，一定帮你做好，我不能做到的事情，我给你请我的老师，律师费我出。你说吧，什么事？”

韩爸爸说：“我想请你帮我查查我的女婿朱银海。”蔡鹏飞说：“你女婿的事情问问你女儿不就好了，还查什么？”韩爸爸说：“问题是我女儿不跟我们说实话，我们找你帮忙也是没有办法。韩佳琦是我们的女儿，我们不能不管。”

据韩爸爸说，韩佳琦上大学时背着父母亲和来自皖南地区的朱银海谈了两年恋爱。毕业后朱银海去了美国，不到半年就跟韩佳琦提出分手。到韩佳琦和蔡鹏飞准备结婚的时候朱银海突然打来电话要韩家琦到美国去跟他结婚。韩佳琦当时说朱银

海是她的初恋，她忘不了。她跟蔡鹏飞分手后就匆匆辞职去美国和朱银海结婚。刚开始韩爸爸韩妈妈也很担心，但是在美国的那一年韩佳琦每个星期都会给他们打电话，从美国的风土人情到她自己的衣食住行，从怀孕初期的妊娠反应到每次产前检查结果都给他们一一汇报，慢慢地他们也就接受了女儿的洋闪婚。一年以后因为朱银海参加一项重要的研究工作，韩佳琦单独带着航航回上海，请父母帮忙带孩子。

韩爸爸停了停说："女儿回家住我们当然高兴，帮忙带外孙我们也巴不得。只是，今天也不怕你笑话，韩佳琦回来快两年了，我外孙已经两岁，我们老两口还从来没有见过女婿是啥样的。过圣诞节、春节你还给孩子买了两套衣服，带他去游乐场玩了一天，人家当爸爸的别说是礼物，连一个电话一张照片都没有。我和你韩妈妈都怀疑朱银海是不是又把韩佳琦甩了，或者他本人出了什么事情不能再管他们母子。如果真是这样，韩佳琦也该趁年轻再找个人好好过日子。她这样一个人撑着，苦了她，也苦了孩子。"

韩爸爸是把蔡鹏飞当律师请来的，可蔡鹏飞一下子被这个案子卷了进去。他嫉妒那个朱银海，一个电话就把韩佳琦招到了美国。他想韩佳琦和他分手后马上就去美国结婚，也有可能在没跟他分手的时候就跟这个朱银海有联系。蔡鹏飞被自己的推测弄得愤愤不平。甚至以律师的想象怀疑当年他们分手的导火索——体检——也可能是韩佳琦为他设下的圈套。用小三阳的化验单诱导他对她产生反感，导致他主动提出分手，她好以被分手的受伤者的身份离开他奔向朱银海的怀抱。顺着这个思路滑下去，蔡鹏飞还进一步怀疑那张小三阳的化验单的真

实性。

蔡鹏飞拿着两瓶酒高高兴兴地来，浑身散发着醋味闷闷不乐地回。

第三天，酒劲儿、醋劲儿都过了，蔡鹏飞的思维恢复到常态。他以律师的公正还了韩佳琦清白。当年确实是他的心跟着他的身要离开韩佳琦，而韩佳琦没有一点儿迹象表现出想离开他。韩佳琦即使和远在美国的初恋有网上联系也不算错。和韩佳琦有问题的时候他见女网友阿珍，韩佳琦还忍气吞声装着不知道才让他们的关系多维持了半个月。他自己和韩佳琦分手后不到一个月也去相过亲。归根到底人在感情受挫折的时候分辨能力会大大地降低，但是韩佳琦从根本上没有做错什么事情。

一个星期后蔡鹏飞开始想该怎样查找这个朱银海。他感到这个事情很棘手。两年时间韩佳琦没去美国探亲，她丈夫也没回国休假，即使他们夫妻间打过电话也不合常理。韩佳琦的这段婚姻可能真的有问题。但是韩爸爸想让他了解的真相正是韩佳琦想掩盖的秘密，触碰这些秘密可能伤害韩佳琦的隐私和自尊。

蔡鹏飞决定先找韩佳琦谈谈。第二天，蔡鹏飞去韩家吃晚饭。饭后韩爸爸和韩妈妈带航航出去散步，蔡鹏飞把韩爸爸韩妈妈的担心说出来。蔡鹏飞说："我不是要管你的私事，但是如果你需要帮助，我会全力以赴、两肋插刀。"

韩佳琦说："谢谢你的关心，我现在不需要帮助。"蔡鹏飞说："那你也要考虑一下你爸爸妈妈的感受。他们很担心你。"韩佳琦说："我现在活得好好的，有什么可担心的？"蔡鹏飞问："你和你老公的状态不令人担心吗？一年到头不见面算是

夫妻吗?"

韩佳琦说:"我们不是一对好夫妻，我能怎么办呢?"

蔡鹏飞说:"你知道你可以改变一下，过得更好一点。"

韩佳琦说:"我不想改变，我愿意过现在这种生活。"

蔡鹏飞说:"你这样不是苦自己吗?"

韩佳琦说:"这是我自己的选择。我愿意为他生孩子、养孩子，也愿意接受他的抛弃。自己选择的生活就不觉得苦。你说登山、航海、骑自行车周游世界苦吧，还有生命危险，可是还是有人高高兴兴去登山、去航海、骑自行车周游世界。"

蔡鹏飞的心被重重地揪了一下。这下蔡鹏飞不仅嫉妒韩佳琦的那个所谓的初恋，也被韩佳琦对朱银海死心塌地的感情深深地感动。

说服不了韩佳琦，蔡鹏飞就老老实实当回他的律师试着找朱银海，把韩佳琦说的话跟他说一遍，希望他能回心转意和韩佳琦再度破镜重圆。

可是身在中国的蔡鹏飞要以私人侦探的身份查到在美国的朱银海谈何容易。首先蔡鹏飞要缩小侦查的范围，了解朱银海在美国的哪个州哪个城市。蔡鹏飞想到这个应该从韩佳琦在美国期间打回家的电话号码里看出来。

他拿着韩爸爸和他自己的身份证通过关系到电信局请求打出韩佳琦离开上海那一年打入韩家座机的电话号码的清单。

拿着那张清单蔡鹏飞惊呆了。从电话记录清单来看，韩佳琦根本没到过美国。她走的时候跟爸爸妈妈说她乘飞机到新加坡和在那里开会的朱银海会面，然后转机去美国。其实，她只在新加坡逗留了一周，就返回了中国。然后在安徽宣城一带生

活，一年后回到上海。

这张清单立刻激起了蔡鹏飞大脑里管想象推测的脑细胞极度活跃地工作。几种可能的情况在他脑子里浮现。可能性最大的两种情况是：

3 年前朱银海到新加坡出差，身子接近中国，脑子里想起了分手多年但还保持有网络联系的韩佳琦。于是给韩佳琦摆起了迷魂阵。他用暧昧模糊的语言请韩佳琦到新加坡去和他会面，许诺她开完会之后一起到美国。当时遭遇失恋打击的韩佳琦的飞机正迷失方向，茫然地在空中盘旋，看到朱银海心中因为出差空出来的一个角落为她燃起的安全降落的火环倍加亲切。于是紧急降落着陆和初恋情人重温旧梦。朱银海在新加坡的会议结束后，没有按韩佳琦的理解和韩佳琦一起飞美国，而是带韩佳琦回了朱银海的安徽宣城老家探亲。韩佳琦这个时候只有跟朱银海走的份，没有了发言权。到探亲假接近尾声，韩佳琦发现自己怀孕了，不得不催朱银海结婚。朱银海只能对韩佳琦摊牌，说他在美国已经结婚。当时在网上说要带她到美国是顺嘴的一句玩笑话，请她不要当真。韩佳琦欲哭无泪，美国去不了，回上海脸面上过不去。只好在朱银海父母家住下，生下孩子后才假装从美国回来。虽然吃尽了苦头，但给自己和爸爸妈妈暂时保住了面子。

或者朱银海现在根本就不在美国，3 年前打算到新加坡寻求机会惨遭失败，在新加坡再次得到了韩佳琦的芳心后起意回国发展。于是他带韩家琦回到安徽老家，并和韩佳琦闪婚。在经济不太发达的皖南海归稀缺，朱银海被老家的一个台湾公司聘用，收入颇丰。韩佳琦婚后不久有了身孕在家做全职海归太

太，也曾经过了一段幸福的小日子。一天，怀孕 6 个月的韩佳琦独自去医院做产前检查时，撞上了朱银海以丈夫的身份陪一位年龄比她小约 10 岁的女人做孕检。从此朱银海和韩佳琦争吵不断，韩佳琦生下孩子后只好回上海。那一年多韩佳琦还是为了面子才在父母面前谎称在美国。她曾打算说谎一年以后带着丈夫孩子回家告诉父母实情，朱银海没有给她这个机会。她只好一谎到底。

蔡鹏飞为自己的想象能力感到得意。总结起来就是韩佳琦在新加坡见到朱银海之前以为朱银海要把她带到美国去跟她结婚，到了新加坡以后事情没有按照她的想象发展下去。韩佳琦为了自己、父母或者朱银海的面子，也为了安抚担心自己的父母，那一年身在中国安徽，却谎称在美国。

一张电话清单把蔡鹏飞的侦查方位从美国拉回到安徽。比起大西洋彼岸生疏、庞大、辽阔的美国来说，安徽宣城简直就是了如指掌的自家门口的小院子。侦查所需要的人力、物力、时间几乎缩减到了可以忽略不计。

蔡鹏飞在他的同学录上找到了在离宣城不远的芜湖市公安局工作的钱一鸣请求帮助。钱一鸣很热情，提前开车到达宣城，和在宣城市公安局管户籍的郭凯文一起到宣城火车站迎接蔡鹏飞。按蔡鹏飞的想法，他们先查找朱银海，朱银海如果在宣城，马上可以结案，朱银海如果不在宣城，就在宣城找到朱银海的亲属，从亲属那里得到朱银海的联系方式，也算大功告成。

在宣城假日酒店蔡鹏飞提前订好的三人宴上，户籍科长郭凯文说，蔡大师兄尽管放心，这件事交给我。吃好饭你和钱一

鸣安心去敬亭山国家森林公园游玩，晚上我会把全市20年内叫朱银海的人的情况汇总送到你的房间里。

蔡鹏飞因为有事玩兴不大，早早回到宾馆。晚饭后回到房间就开始在郭凯文给他的一大排朱银海的系列中排查韩佳琦的朱银海。韩佳琦的朱银海在华东师大读过4年书，户籍一直在宣城的朱银海首先被划掉。韩佳琦的朱银海应该在35岁左右，年龄在40岁以上30岁以下的朱银海再被划掉以后只剩两个人。一个朱银海38岁，10年前和广德县一女性结婚后户口从湖北黄石迁来，显然不是韩佳琦的朱银海。另一个朱银海31岁，是宣城市第一医院去年从合肥医科大学招来的博士生更不是蔡鹏飞要找的人。

蔡鹏飞大感疑惑，从几大张纸的朱银海系列可以看到，朱银海分布于宣城的一区一市5县，年龄从16岁到60岁，应该不会因为郭凯文的电脑操作失误引起漏网。他三思不得其解，从包里拿出了他的唯一证据电话清单给钱一鸣和郭凯文看。

郭凯文看了清单后问："你确信那些电话是叫朱银海的从宣城打到上海去的吗?"蔡鹏飞说："那些电话是朱银海的妻子韩佳琦打的。韩佳琦当时肯定在宣城，她还为朱银海在宣城生了一个孩子。"钱一鸣说："查查韩佳琦当时的情况也许能有线索。"郭凯文用自己的手机试拨了当年韩佳琦的电话号码，是一个老先生接的电话。郭凯文温和地向老先生说明了他打这个电话是想找这个手机号码3年前的主人。老先生说这个电话号码是去年他儿子在网上给他买的，3年前这个手机号码的主人他们不知道。钱一鸣问蔡鹏飞："要不要明天到医院查查？产妇的病历里应该有孩子爸爸的信息，要给孩子办出生证父母的信息应该是真实的。”

蔡鹏飞那天一头雾水，只好听任钱一鸣的摆布。第二天上午，蔡鹏飞还没起床，钱一鸣的电话打来。他说韩佳琦生孩子的医院找到了，问还要不要继续。皖南的这两个公安显然看出蔡鹏飞和他要查的人有些感情纠葛，不敢轻举妄动。

蔡鹏飞现在想收兵不查了也说不出个道理，而且他对韩佳琦生孩子的事情还是有点好奇，就回答继续。

他们开车到宣城市绩溪县人民医院已是下午一点。简单用了午餐后他们被带到医院的病案室。郭凯文和钱一鸣跟医院病案室的人聊天，蔡鹏飞被让进一间小屋查看病历。蔡鹏飞的眼光被病历首页上的日期牢牢地黏上了。入院日期 11 月 1 日，婴儿出生日期 11 月 1 日，出院日期 11 月 5 日。医院记录的航航的出生日期比在上海户口本上的日期整整提前了两个月。这些日期唤醒了蔡鹏飞，他预感到自己就是那个要找的朱银海。尽管蔡鹏飞对医学术语一窍不通，他还是很认真地看了一遍病历，好像这样可以回放一次航航出生的全过程。

最后他拿笔记下了病历里记录的韩佳琦当时的地址：荆州乡杜家沟村全民学校，联系人：肖华。

那天晚上，蔡鹏飞请郭凯文、钱一鸣和医院医务科长吃饭。蔡鹏飞先再三感谢了大家的帮助。酒过三巡蔡鹏飞开始吐真言。最后感慨地说，办了十几年的案第一次犯这么低级的错误。钱一鸣说：“能理解，就像医生治不了自己的病。”郭凯文说：“这就是我们要有亲属回避制度的原因，不能办与自己有关联的案。”医务科长说：“当事者迷旁观者清。”从生病以后，蔡鹏飞那晚第一次把自己灌醉。

第二天上午，告别了钱一鸣和郭凯文，蔡鹏飞一人坐上了开往荆州乡的汽车。

一路上蔡鹏飞思绪万千。想到他来安徽前对韩佳琦的种种错误推测他感到羞愧。原来韩佳琦根本没有跟一个叫朱银海的初恋结婚。从出生日期上看，航航很有可能就是他的孩子。当年在他提出和韩佳琦分手时韩佳琦发现自己怀孕，为了不给他添麻烦又能够保住孩子，韩佳琦才谎称自己要到美国去结婚。她知道父母肯定要到机场送她，所以买了到新加坡的机票，骗父母说在新加坡与朱银海会合后转机去美国。她独自一人在新加坡待了一周就马上回国。为什么选择在宣城蔡鹏飞想不出来，到山区孕育孩子的生活成本低、环境好、容易隐蔽？如果是这样，韩佳琦在这儿的一年里肯定生活艰苦、精神孤独、经济拮据。月子里可能也不得不自己洗衣弄饭，也许奶水不足。蔡鹏飞感到一阵阵心疼。

但是航航看起来生长发育正常，不像是曾经饿过肚子受过苦的孩子。他的想象能力开始衰竭。把他的思路带进死胡同的还有肖华，肖华是谁？韩佳琦怎么认识他的？他和韩佳琦是什么关系？他会不会是航航的父亲？他越想越没有头绪。

下车后步行了两个多小时的山路。蔡鹏飞无心欣赏路途山水，在天黑之前来到了杜家沟村全民学校。这是一排 6 间平房和一个操场组成的学校。学生都已经放学回家，蔡鹏飞看到第二间房半开着门，走过去看见里面有一个人坐在书桌前。估计这个人是这里的老师，蔡鹏飞敲了敲门。蔡鹏飞进屋才看清楚这是一个中年男性，五官端正，神采奕奕，衣着也整洁，他猜这可能就是韩佳琦住院期间的联系人肖华。蔡鹏飞说：“我是

从上海来的蔡鹏飞，我找肖华。”蔡鹏飞在老师对面的板凳上坐下。这次他推测对了，这人真是肖华。

肖华给蔡鹏飞递过来一杯水问道：“我是肖华，找我有什么事?”蔡鹏飞接过水说：“找你聊聊。”肖华说：“上海来的，也是老师?”蔡鹏飞说：“我是律师。”肖华说：“哦，蔡大律师，一定是想和我聊韩老师。”蔡鹏飞说：“是，你和她很熟?”肖华说：“是，那一年我们同吃一锅饭，同喝一壶水。”蔡鹏飞压制住自己的嫉妒问：“她为什么到这里来投奔你？你们原来认识吗?”肖华说：“我们原来不认识，她不是来投奔我，而是来支教。这个学校就我一个员工，又是校长又是老师，有上海来的老师来帮助工作我当然欢迎啊。”蔡鹏飞说：“全中国那么多学校，她为什么选择上你这里来支教呢?”

肖华闻出蔡鹏飞话里的火药味，他板着脸说：“这个问题应该由你自己来回答。蔡大律师，我想请教你，怎么能忍心派怀着你的骨肉的娇娇嫩嫩的韩老师到我们这偏僻的山村来支教?”

蔡鹏飞被问得愣在那里，过了一会儿他才反应过来，脑子里出现韩佳琦挺个大肚子手提大包爬坡过桥艰难前行的图像。剧烈的懊悔和心疼一起涌来，冲开了眼泪的闸门，他呜呜地哭起来，好像真是他逼着韩佳琦来这里孕育生产他的孩子。

当蔡鹏飞平静下来，肖华说：“我家就在隔壁，先过去吃晚饭，我们边吃边聊。”蔡鹏飞点头说好。这时候蔡鹏飞发现肖华是残疾人，右面的大腿只剩下一半。

隔壁的一间房从中间砌了半道墙，里面是卧室，外面是餐厅加客厅。肖华的妻子李燕正在给女儿妞妞洗手准备吃饭。餐

桌上已经摆好了两菜一汤，大白菜、韭菜炒鸡蛋和萝卜羊肉汤。李燕得知这位是韩佳琦说的蔡鹏飞，热情地请他坐下一起吃饭。

蔡鹏飞说："你们的生活很不错嘛。"肖华说："现在乡下人生活水平确实提高了。"李燕说："我们生活提高也有韩老师的功劳。"蔡鹏飞问："怎么说?"肖华说："韩老师来把我的教学工作都承担了，学生喜欢听她的课也服从她的管理。我闲着没事就盖了个鸡笼和羊圈学着喂鸡养羊，当初是为韩老师坐月子准备鸡和鸡蛋，为小航航预备羊奶。"肖华指着李燕笑着说："她倒是最大的获益人，航航 3 个月时韩老师就走了，而我养鸡养羊的水平越来越高，我们李燕现在一年到头过着坐月子一样的生活，天天有鸡汤喝有羊肉吃。"

李燕说："韩老师预产期在 11 月份，肖华为她坐月子在隔壁里屋建了一个和外边那个灶相连的炕，韩老师 45 天的月子里每天屋里暖暖和和，还一天 24 小时有热水用。这两个冬天我们一家三口也享受那个热炕，反正我们的玉米秆多的是。"

蔡鹏飞的心被肖华夫妻的话暖和舒展起来了，好像韩佳琦是被他专门送来坐这种呼吸新鲜空气、吃无污染天然食品、住又温馨又暖和土炕的乡间绿色月子的。

这顿晚饭后，肖华和蔡鹏飞成了朋友。借着月光，他们在操场边的台阶上继续聊天。肖华聊韩佳琦的过去，蔡鹏飞聊韩佳琦和航航的现在。直到肖华说："进屋休息吧，你今天很累了。"蔡鹏飞才忍不住地问："肖兄，能重复一个问题吗?"肖华说："可以。"蔡鹏飞问："我只是好奇，韩佳琦怎么会到你这里来?"肖华说："她当年是怀有身孕的人。"蔡鹏飞说：

“你这里也不是妇幼保健院。”

肖华说：“用你的脑子想一想，一个没有官方介绍信、来路不明的怀孕三个月的女老师要到一个学校支教，哪个学校敢接收？从师范毕业的那年我用一条腿跑过不少学校去求职，得到过各种各样的拒绝，所以我能了解怀着身孕离家出走生孩子的女人有多苦，我不忍心拒绝她。”

原来韩佳琦跟朱银海好的时候真到安徽来过一次，认识了在朱银海老家黄山市一中工作的柳高扬。韩佳琦逃出来生孩子首先就想到了柳高扬。

柳高扬原来也不认识肖华这个人，但知道肖华的一些事。肖华在市、县、乡里的学校没找到工作就回到了老家杜家沟村做了一名村官。师范毕业的助理村长肖华在工作中发现自己村子里的很多小孩因为上学路远、家长外出打工管理不善和学习困难等原因辍学，年复一年出现了一些不会读报不会写信的新文盲。肖华在帮助辍学儿童解决生活困难、动员他们回到学校读书的同时把村上的一间会议室腾出来当教室办起了一个扫盲班。他每天抽一两个小时教没能返校的辍学儿童读书认字。后来他在城里的同学那里捡来了两台旧的电脑，修理以后放在教室里教他的学生们打字，还给他们放电影。慢慢地他这里聚集了越来越多的人，学生的年龄从开始的几岁、十几岁到几十岁。后来扫盲班开课时间从一天一两个小时发展到半天。肖华没有空的时候就指定文化基础好的教文化基础差的，会的教不会的。

因为扫盲班，肖华在村里有了人气，虽然在扫盲班花去了他不少时间，他在村里的各项工作开展得有声有色。杜家沟村

的村风村貌发生了很大的变化。肖华因此在皖南地区小有名气。

后来乡政府为解决更多留守儿童的教育和管理问题，把原来杜家沟村村委会的6间房子和场地都交给肖华，把这个扫盲班改为全日制全民学校，办学的宗旨是扫盲、普及文化。教学内容由老师和学生共同选定，学习时间灵活，所有教学活动与升学、文凭无关。本村和邻村人都可以来免费学习。

全民学校的学生越来越多，引起教育部门的注意。柳高扬当时已调到黄山市教育局工作，他曾带领一个小组到全民学校调研。对肖华在偏僻山区的这种教育方式给予肯定。

在帮韩佳琦在黄山市找学校支教安身遭到多次拒绝以后，他把韩佳琦介绍到了肖华的全民学校。

听完肖华的讲述，蔡鹏飞说，谢谢你在韩佳琦最困难的时候给了她无私的帮助。

肖华说，其实我们还沾了光。韩老师来给了我们很大的帮助。她出资2万元为学校建立了篮球场、乒乓球室、图书室。她还专门买了一个手机为学生给在外面打工的父母打电话、发短信。韩老师建议我们利用闲置的土地，和学生一起在学校周边种容易种植、收获和食用的粮食和蔬菜，在背后的山上种果树。这让我们的学生从那年秋天起都能像上海的学生一样吃上免费午餐。

第二天，蔡鹏飞参观了学校和学校的玉米地、果园、鸡笼和羊圈以后，踏上了返回上海的旅程。

回上海的路上，蔡鹏飞身体在火车上晃动，大脑在丁字路口跳跃。韩佳琦没有结婚、航航是他的儿子的事实直接把他带

到了恋爱结婚的丁字路口。站在丁字不要勾的一竖的中央，蔡鹏飞不知道该朝哪边转。左边是乔媛玲，右边是韩佳琦。左边一直为他亮红灯，右边已经拆掉了黄灯和红灯。左边是手心，右边是手背。他左右摇晃举棋不定，不得不拿出那台专供航航在车上玩的益智玩具天平秤帮助他。他给左边乔媛玲的托盘里放上年轻有活力的砝码，给右边韩佳琦的托盘里放上成熟稳重的砝码，结果左右平衡。他给左边乔媛玲的托盘里放入热情奔放，给右边韩佳琦的托盘里放了爱情专一，左右又达到平衡。他再给乔媛玲的托盘里加了懂食品药品安全，他也再给韩佳琦的托盘里加了会烹调美味佳肴，左右再次平衡。经过七八次平衡以后，他在右面韩佳琦的托盘里放了儿子航航，他找不出和儿子航航对等的砝码放入左边乔媛玲的托盘。到那天为止，乔媛玲有没有怀过孩子他不知道，但是他知道就是乔媛玲怀过10个孩子也与他一点关系也没有，也顶不上一个航航在他心中的分量。天平向韩佳琦倾斜。

回到上海的第一件事情是找乔媛玲谈杜家沟村的故事，蔡鹏飞诚恳地对乔媛玲说对不起，他原来真打算跟她结婚生子，过一辈子。但是现在情况发生了变化，不，是对情况的了解发生了变化。他说他还爱韩佳琦，也爱航航，请乔媛玲原谅他。乔媛玲只能含着眼泪服从蔡鹏飞分手的决定。

第二天上午，蔡鹏飞打电话给韩爸爸说他午饭的时候过来。韩妈妈那天专门请邻居张阿姨中午帮她看航航，她要第一时间亲耳听蔡鹏飞讲侦查结果。见到韩爸爸韩妈妈，蔡鹏飞哭了，几天来他心里憋得慌，没地方减压，这里好像有个减压阀。韩爸爸问怎么啦？那个朱银海真的出事情了？蔡鹏飞说，这几年韩佳琦跟朱银海根本没有联系，韩佳琦也没有去过美国。这个结论对韩爸爸韩妈妈来说简直像晴天霹雳。他们俩都瞪着眼睛看着蔡鹏飞。像平时办案结束给当事人解释结论时一样，蔡鹏飞拿出他的证据，那张电话清单。他指着前面两个电话号码说："0065 是新加坡的区号，4 月 28 号和 5 月 1 号的电话是韩佳琦从新加坡打过来的，说明她那时候在新加坡。5 月 5 号的电话区号变成了 0559，这是安徽黄山市的区号。说明韩佳琦在 5 月 5 号以前回国，先去了黄山市。后来的电话都是安徽宣城市的手机号，说明她在安徽宣城住了一年，然后回了上海。"在铁的证据面前，韩爸爸韩妈妈接受了女儿那一年在安徽的事实。

"可是佳琦为什么这么做呢?"韩爸爸问。"航航是怎么回事呢?"韩妈妈问。

在以前的经历中蔡鹏飞最愿意回答当事人关于事情真相的问题，这个过程他可以向当事人显示自己高超的推理判断能力和侦查中的智慧技巧。今天他只能避重就轻地坦白了他当年和韩佳琦分手的真相，报告了这次去皖南地区侦查的结果，最后请求韩爸爸韩妈妈的原谅，并表示自己今后要好好爱护韩佳琦和航航。

听完蔡鹏飞的讲述，韩爸爸韩妈妈对蔡鹏飞爱恨交织。韩妈妈说："事情都这样了，你们赶快准备准备结婚吧。"蔡鹏飞说："韩佳琦还不知道我调查她这件事，我们出发点是为她，但是这毕竟是揭她的伤疤，她知道了肯定会难过。而且我们俩已经分开了三年，一下子结婚可能还不太适应。我在回来的路上想过，请你们给点时间，让我重新追她一次，火候到了我们

就结婚。反正我们俩孩子都有了，只是缺张纸，请你们放心。”

最后蔡鹏飞交代韩爸爸韩妈妈要保守秘密，由他来跟韩佳琦摊牌。

那天晚上，蔡鹏飞下班后把航航带回自己家。蔡鹏飞教航航叫蔡爸爸蔡妈妈爷爷奶奶后，把航航交给在餐厅等吃饭的爸爸，然后进厨房对妈妈说：“你的眼真毒。”蔡妈妈问：“怎么讲?”蔡鹏飞说：“你见到航航的照片时说他长得像我，他还真是我儿子。”

蔡妈妈把火关了，认真地问：“你说什么?”蔡鹏飞指着航航说：“他真是你们的孙子。”

经过一个星期的整修，蔡鹏飞自己基本适应了新的角色，对重新追韩佳琦也有了点轮廓。蔡鹏飞知道，拿追小女生的那些花样在韩佳琦这里行不通。他想帮韩佳琦解决一点实际问题。

正在他搜寻这一点实际问题的时候，电视里播放一条讲中国梦的新闻。这条新闻提醒了蔡鹏飞，他应该了解韩佳琦现在有什么愿望。他打电话跟韩佳琦说了一大堆废话以后说起那天的新闻，然后问韩佳琦，你的梦想是什么?

韩佳琦原来是个多梦的女孩。她曾经想考个研究生再读几年书，她也想写一本关于化学教育的书，她还想到云南的西双版纳、西藏的布达拉宫、新疆的天山去旅游。可是自从有了儿子，她原来所有的梦都被好好地把儿子养大成人的梦所代替。这是一部慢镜头以年为单位的几十集的电视连续剧，是个吃喝拉撒睡全管、体力智力生理心理兼顾的巨大工程，是大多数女人一生最重要的事业。

直到两个月前儿子夜里不再需要尿不湿，她想到儿子该跟她分床，应该有自己的房间了。韩佳琦从小就跟爸爸妈妈住在这套两室一厅里，过去一直住得很满意，那天她突然觉得这套房子太小，有了买一套自己的房子的梦。她怀孕到生孩子一年时间没有收入，花光了前几年的积蓄。现在每月收入管她和儿子吃饱穿暖绰绰有余，但是买房是绝对不可能。尽管这个买房梦遥不可及，韩佳琦却把这个梦做得有滋有味、面面俱到、详细具体，反正做梦不花钱。她想买个三室一厅，父母随时可以来家小住。房子的阳台要大，她可以把它弄成一个小花园，她要把君子兰、牵牛花、葡萄、月季花请到她的阳台上来。房间要朝阳，就像她现在的卧室，冬天太阳每天从东转到西，阳光从她的床头爬到床尾。她想过买父母家附近的房子，她带儿子回娘家方便，她也想过买学校附近的房子，她每天可以省出两小时的时间。

当然韩佳琦不能跟蔡鹏飞说她的房子梦，她不能让蔡鹏飞知道她经济上的窘迫，更不能让他知道她独顶一片天。所以，她把她开播了两年的电视剧说给蔡鹏飞听。她说她的中国梦就是儿子梦，儿子健健康康长大成人就是她最大的梦想。

如果是别人谈儿子梦蔡鹏飞一定会觉得俗，韩佳琦的儿子梦让蔡鹏飞觉得脱俗，而且他还要加油追上韩佳琦，和韩佳琦一起实现这个美好的梦。

从韩佳琦这里没有得到任何启示，蔡鹏飞开始把韩佳琦的现状都罗列出来细细研究。他得到的答案是韩佳琦目前的工作环境需要改变。韩佳琦曾是师大的高才生，怀孕前在重点高中任教，而现在的学校连一般普通高中都不如，教学条件差，还

离家远，每天往返要几个小时耗在路上。蔡鹏飞猜一定是韩佳琦回上海后急于工作才饥不择食选了这份工作。

蔡鹏飞有了第一个目标即帮韩佳琦换一个学校。他花了一个晚上的时间列出了他的同学和朋友圈子里有可能帮忙韩佳琦挪个位置的人的名单，然后按挪位子的能力从大到小的顺序排列了一遍。接着从第一号唐伟开始下手。他开车来到师大附中，在唐伟还在上课的 15 分钟里，他浏览了学校，他对师大附中很满意，他还在化学组教研室门前往里看了几眼，幻想着韩佳琦在里面上班。唐伟对韩佳琦印象很好，视蔡鹏飞为救他父亲的恩人。他跟蔡鹏飞说，只要韩佳琦愿意，我们一起努力，像韩老师这样的人才好学校都抢着要。

有唐伟这句话，蔡鹏飞那天下午三点提前下班来到晨光中学。4 点 3 刻，韩佳琦才有空陪他在学校的小花园里聊一会儿天。蔡鹏飞说：“唐伟说他们学校化学组在招人，他推荐你去。”韩佳琦说：“你替我谢谢唐伟，我还是蛮喜欢在这里工作。”蔡鹏飞问：“我没看出这里有什么好的。”韩佳琦说：“你当然看不出来。农民相对来说是这个社会单纯的一个群体。我虽然不是农民，但是比城里的大多数人思想上少一根弦，和农民工和农民工子弟在一起还比较和谐。另外我到农村支过教，对农民有点感情。我在这里当老师还兼校长，学校给我开的工资也还可以，所以我很满足自己的现状。”蔡鹏飞说：“你再考虑一下，这里位置还这么偏。”韩佳琦说：“不用考虑。这里空气新鲜，噪声小，交通也方便，我都习惯了。”

蔡大律师在韩佳琦的案子中连遭惨败，以至于他开始怀疑自己重新追上韩佳琦的能力。在载着韩佳琦回家的路上，蔡鹏飞有点郁闷。韩佳琦以为自己拒绝跳槽扫了蔡鹏飞的兴，没话找话说。她用手指了指路边花园后面的一个彩绘外墙的建筑群说，你看那个幼儿园好漂亮，我正在考虑下半年要不要给航航在这里报个名。

蔡鹏飞原来从来没有对幼儿园有兴趣，但听韩佳琦说航航下半年要上幼儿园，对幼儿园的兴趣悄然而至。蔡鹏飞把车停在路边，下车和韩佳琦穿过花园围着幼儿园转了半圈。韩佳琦在一旁介绍："这可是政府新办的幼儿园，师资力量和生活设施比我们家附近的好，每个老师管理的小朋友相对少，而且价格也很合理。"

带上韩佳琦的有色眼镜，幼儿园外墙的活泼、轻松和艳丽迅速扩展到了蔡鹏飞眼所能及的临港新城。而且让蔡鹏飞一眼看到了他向韩佳琦靠近的路标。这个路标指示他把自己在市中心的两室一厅房子搬到临港新城来扩大为三室一厅，让韩佳琦周一到周五住在郊区学校附近，省去路途折腾，周末返回老屋享受市中心的繁华。他自己偶尔也能在临港新城这里蹭住，等韩佳琦重新接受他，婚房也免了。他为自己的发现兴奋不已，真是踏破铁鞋无觅处，得来全不费工夫。

蔡鹏飞第二天中午就召开了有韩佳琦父母和他父母参加的关于房子搬家的听证会，他着重说了韩佳琦的意愿和他的打算。他的计划全票通过。

蔡鹏飞当晚打电话问韩佳琦是否熟悉她学校附近的房子，他说，我有个在国外的同学准备把业务向国内扩展，要我帮忙在上海郊区物色一套房子。昨天看到幼儿园附近环境不错，所以想在那里帮同学买套房子。

说起学校附近的房子，韩佳琦如数家珍。自从开始做房子梦以后，她有空就到学校附近的售楼中心去看房子，每一套样板房都不错过，就像她当姑娘的时候到巴黎春天看服装，不为花钱只为过眼瘾。每天晚上，她也会拿出十分钟在网上搜索浏览她梦中的房子。

蔡鹏飞乘机要韩佳琦陪他挑一套房，韩佳琦也终于有了机会在售楼处挑三拣四和售楼业务员讨价还价。不到一个月，蔡鹏飞就把韩佳琦最爱的那套装修好带全套家具的样板房的钥匙交给了韩佳琦，并委托她住进这套学校附近的房子为同学义务看房子。蔡鹏飞把刚卖掉的自己市中心的房子里的厨具和家用电器搬过来安装好后，接韩家老少 4 口住进了离韩佳琪学校和航航未来的幼儿园都很近的新房子。

当然帮朋友看房蔡鹏飞也有责任，他被允许持有一把钥匙，安放一张小床在航航的房间。从此他以家庭成员的身份帮韩佳琦采购、做卫生、带孩子。韩佳琦曾跟他说：“你天天在这里泡着，你女朋友会有意见的。”蔡鹏飞说：“我已经没了女朋友，只有一个孩子他妈。”后来蔡鹏飞壮着胆子要航航叫他爸爸，韩佳琦也装着没听见。被冰冻在他们各自心里的爱情经过一个夏天的烘烤终于从固态变成流体然后融合在一起。

那年 8 月底的一天，蔡鹏飞招呼韩妈妈和韩佳琦晚上多烧点菜有贵客光临。韩佳琦说既然是贵客还是到饭店显得正式一点。蔡鹏飞说，今晚一定要在家，听我的。

韩佳琦没想到那晚的贵客是肖华一家三口，更让她张大嘴的是肖华居然丢掉了拐杖。原来蔡鹏飞早和肖华商量好在这个暑假请肖华全家到上海来。半个月前，蔡鹏飞在上海假肢厂假肢制作中心为肖华定了房间，并找了最好的假肢制作技师和康复训练师为肖华安假肢。

韩佳琦先抱起妞妞问："妞妞还认识阿姨吗?"妞妞说："认识。"韩佳琦亲了亲妞妞说："妞妞更漂亮了。"放下妞妞，韩佳琦给了李燕一个拥抱，说："燕姐，我想你。"李燕拍拍韩佳琦的背说："我们也想你。"韩佳琦最后走到肖华面前说："谢谢你们来看我。"肖华说："这个你得谢谢蔡鹏飞，他最了解你的心思。你看他还给我装了新腿，让我可以扔掉拐杖，用两只手代表我们全村的人抱抱你。"说完他上前一步给了韩佳琦一个拥抱。

韩佳琦感动得热泪盈眶。韩妈妈一边擦眼泪一边说："让客人坐下来再说。"

那天晚上肖华一家三口被安置在韩佳琦的房间休息。韩佳琦挤在航航的床上，蔡鹏飞仍然睡在航航房间的小床上。

航航睡着后，蔡鹏飞说："韩佳琦，对不起，事先没有通知你。"韩佳琦对蔡鹏飞说："能不能解释一下?"蔡鹏飞说："没问题，到我这边来我给你慢慢解释，要不会吵醒儿子。"

那天晚上他俩一夜没睡。快天亮的时候韩佳琦说："蔡鹏飞，这几年你变了很多。""啥地方变了?"蔡鹏飞问。他以为她指的是他变老了，变丑了，或功能降低了，不免有点惊慌。"我们都奔四了。"他在"我"字后面加个"们"自问自答为自己找原因，提醒韩佳琦自己也不再年轻了。

当时他们都仰面朝天肩并肩躺着，韩佳琦没看到蔡鹏飞的惊慌，也没有在意蔡鹏飞关于奔四的解释。她似乎在天花板上找到了答案。她说："你变柔了。"这个回答让惊喜代替惊慌在蔡鹏飞体内迅速弥漫开来。蔡鹏飞侧过身来搂住韩佳琦算是用行动说："回答正确"。然后蔡鹏飞慢慢地说："我去年生了一场大病。人家生一次病长一个心眼，我比较聪明，长了三个心眼。"韩佳琦问："哪三个心眼?"蔡鹏飞回答："第一要爱护好自己的身体，第二要爱护好自己的女人，第三要爱护好自己的父母。"韩佳琦说："你应该倒过来，先爱父母、爱老婆再爱自己。"蔡鹏飞说："你错，不先爱自己，怎么能爱老婆爱父母呢？而且爱自己和爱老婆是父母对我的愿望，也是爱父母的一个重要组成部分。"

韩佳琦慢慢侧过身来，然后紧紧地拥住蔡鹏飞，在他耳边说："我今后也要好好爱你，爱孩子，爱我们的父母。"

离婚了还搭嘎

一

一向卡分计秒按时来参加每周一次的四姐妹聚会的叶萍来到沪东家常菜门口的时候，正好碰上方芳和陈芸从马路对面走过来。她们三个人走进一包厢，吃惊地发现平时总是早来为大家点菜叫茶的阮倩茹没有像以前那样手里拿本书悠闲地坐在沙发上等大家。

方芳猜，阮姐一定上厨房去了，她平时点菜的时候要去厨房看菜新鲜不新鲜。陈芸说："也许到对面新开的糕点店买点心了，上个星期她说要尝尝那家的绿豆糕。"

服务员小宋进来，奇怪地问："今天就你们三个?"方芳问："阮大姐没来吗?"小宋说："我来了好几次了，没有看见阮阿姨。"

叶萍说："可能去烫发了要晚到一会儿。上个星期三回家时候她说我在小美发艺烫的这个发型不错，她这个星期也想去那儿美一美。”

方芳说：“我来打个电话给她。”

电话拨通以后，方芳问：“阮姐，你在哪里？”阮倩茹说：“在家。”方芳说：“你没有忘记今天是星期三吧？家有贵客吗？你几点来？”

阮倩茹说了声“对不起大家，我今天不来了”就挂了电话。方芳对叶萍和陈芸说：“她今天不来了，家里有客人吧。”陈芸说：“不是吧，我今天还想跟她探讨一下理财的事情呢。”叶萍说：“阮姐没来一定有要紧的事情，你下次再跟她讨论吧。”

阮倩茹、方芳、叶萍和陈芸这四个没有血缘关系的姐妹来往密切、情同手足体现了物以类聚、人以群分的基本规律。阮倩茹、叶萍和方芳都是离了婚的单亲妈妈。她们三个人退休前都是第七纺织厂的职工。阮倩茹是会计，叶萍是质量检验员，方芳是厂医务室的护士。阮倩茹和叶萍在退休之前关系就好，方芳是退休以后才和她俩走到一起的。陈芸也离过婚，前年再嫁到纺织小区，和方芳做起了邻居。尽管她现在又成为已婚女人，可她离过婚、她儿子的父母是分开的、她有前夫这几点让她和方芳在很多时候站在同一个角度看周围的风景。人们在社会上做的大大小小的事情和产生的千丝万缕的感情纠葛在她们的视网膜上的成像惊人地一致，所以她们俩成了知己，再后来陈芸也跟着方芳和阮倩茹、叶萍成了好姐妹。

从去年起她们四姐妹就开始每周三在沪东家常菜活动一次。她们选择这家小饭店做活动是因为这里远离主马路比较安

静，离她们四个人的家都不远，菜新鲜合口还便宜，每次活动经费都在100元以内。她们都已退休，被社会边缘化，可她们的心还在胸腔，脑袋还在正中，她们的年龄还在60岁以内，还没有被国际卫生组织定义为老人。她们还要美，还需要交流、需要社会活动。她们的家庭都有过大的动荡，比健全家庭的女人更需要跟朋友或姐妹抱团取暖。所以她们都很积极地参加这个活动。对于在社会边缘的她们来说，周一到周日是一样的。但是她们的子女在主流社会，子女们有工作日和休息日之分。这几个妈妈们现在的主流就是子女，她们要把周末留给子女，所以她们的活动或者说聚会选择在既不是周末也不是周头的星期三。

她们点了和上个星期同样的菜，缺了一个阮倩茹，今天的荤菜素菜都觉得味道不是那么足。她们的话题自然要集中在阮倩茹身上，好像这个话题是调味剂能给今天的菜增鲜加味，会代表阮倩茹在这里陪她们吃饭。

叶萍的想象力最强。她说："阮姐是在偷偷地谈恋爱吧，在家里约会，还不告诉我们是谁，关系一定是不一般，下个星期三要让她把人带来给我们看看。"方芳说："不会吧，阮姐离婚后从不接近男色，说起男人的口吻很厉害，像是和全世界的男人都势不两立。"陈芸说："当年金夏一定伤她太深。"

叶萍老道地对方芳说："人是会变的。而且丘比特的箭很厉害，被丘比特的金箭瞄准了，谁也逃不掉。你也要小心哦，这一点我们陈芸最有感受。"

方芳说："我穿有防弹衣，刀枪不入，金箭银箭都穿不过。"叶萍说："丘比特的箭什么衣都防不住。人讲一物降一物

就是这个道理。”

方芳说：“你对丘比特的箭研究这么好，有没有买一件磁铁做的吸箭衣？让丘比特的金箭都朝你这里射来？”叶萍说：“我穿吸箭衣也没用，丘比特离我太远还隔着万水千山。我没有阮姐那样的好福气。阮姐退休金拿得高，住的房子大，女儿又有钱又孝顺，我是个男的也想找她。”

陈芸说：“也许阮姐女儿尔雅要结婚了，她在家里和亲家商量事情。尔雅已经30岁，和男朋友谈恋爱已经几年了，阮姐早就盼望她结婚生子了。”

方芳问：“尔雅的男朋友是做什么的？”陈芸说：“也是银行的。尔雅在花旗银行，她男朋友在建设银行工作。”方芳说：“尔雅也真给她妈妈长脸，在花旗银行当副行长。她男朋友至少也是个经理吧。”陈芸说：“尔雅一定继承了她妈妈的财经基因。”

方芳说：“可是从阮姐今天的声音听起来不像是喜事。我们一会儿去看看她吧。”

叶萍说：“我们不能去坏了人家的好事。再说就是不好的事情阮姐也能挺得住。你想想啊，我们这帮人连离婚都挺过来了，还有什么火焰山过不去呢？”

方芳说：“阮姐的爸爸80多岁了，不会是老人生病了什么的吧？”

叶萍说：“你们不要瞎猜了，明天我跟她联系，要是她真的恋爱了，下个星期三一定要罚她三杯。要真有什么难事，需要我们帮忙，我通知你们。”

这天的聚会少了一个人，菜剩了一半。叶萍说：“打包带

回去吧，今晚你们都到我那儿去再吃一顿，我女儿今晚不回来吃饭。”方芳说：“陈芸带着老公一起去吃吧，我儿子昨晚加班一夜没回家，今天下午我要做点吃的等他下班回来一起吃饭。”

陈芸问：“加班一夜没回家今天接着上班？有这么加班的吗？不会是有对象了吧？”

方芳说：“这个我还真没多想。说实话这几年他没让我操什么心，我有些大意了。今天回来我问问他。”

叶萍说：“小孩子刚进社会还是要看紧点。”

陈芸和叶萍这么随便一说，拎着包轻松走人。她们的话却在空中变成了一块石头落下来砸在方芳的心上。她的心问：“儿子不会有别的什么事儿吧？”

二

方芳从沪东家常菜直接去菜场买了一块小排和一块冬瓜。她上午出门前已经抓了一把黑木耳泡在盆里了。都说黑木耳有吸尘解毒功能，儿子在工厂上班，方芳做什么汤都喜欢放点黑木耳。

小排和木耳煮熟后她把冬瓜放进砂锅，看看手表才 4 点半。儿子通常 5 点下班，5 点半才能到家，方芳解下围裙，来到客厅，打算给阮倩茹打个电话，5 点开始炒菜焖饭。

阮倩茹没有接电话，可能真的是有重要的事情，手机没开。方芳坐下来又想起了自己的儿子天天。

天天小的时候学习成绩不好很让方芳操心。从小学一年级

开始她每天晚上都在儿子书桌边陪儿子做作业，周六周日给儿子请家教。尽管儿子成绩始终没有大的起色，她坚信儿子不笨，哪天脑子开窍了学习成绩能突飞猛进。儿子中考成绩不理想，方芳本想花一笔钱让儿子上个普高，儿子想读职业高中。经过父母和兄妹的劝说，方芳才同意儿子就读上海电力学校。

方芳和前夫尤子陵好几年前就因为尤子陵爱和兄弟们打麻将闹别扭，怕影响儿子学习才没有离婚勉强维持三口之家。上职高不仅对儿子是个解脱，儿子不再被拐来倒去的数学公式、变化无穷的 ABCD 组合所困扰，精神面貌大大改善，学习的积极性主动性开始高涨。在上海电力学校，儿子学习成绩在年级名列前茅，晚上不再熬更守夜，周末也能睡懒觉上公园。方芳自己也得到解放，上班不再担心儿子在学校被老师批评，被同学冷落，下班也不用再研究儿子的功课，和儿子一起解数学难题，配平化学方程式。儿子上职业高中的副作用是她和尤子陵有了斗嘴吵架的时间和空间。由于不再担心影响儿子，他们的感情吵没了，天天上职高二年级时他们离婚了。

离婚后方芳的全部精神寄托都在儿子身上。儿子果然有后劲，在职高连续三年都是三好学生，优秀班干部。毕业时方芳没费一点儿力，天天就被离家不远经济效益好的一家国企选中，从事企业电缆及通信线路的维护工作。过起了早 8 晚 5、做 5 休 2 的安逸稳定的生活。昨天是儿子上班以来第一次加班，儿子打电话回来她根本没想就说好。今天叶萍的提醒给她敲了个警钟。等儿子回来吃好了饭一定要问问。儿子已经 20 岁了，真的谈恋爱也没有什么不好。不过她这个当妈的帮儿子把把关、提提建议还是应该的。

方芳5点半把菜端上桌，她去关电饭锅电源的时候天天来了电话，天天说今天还加班，晚上不回来了。方芳问：“天天，你加什么班两天两夜不睡觉?”天天迟疑了一会儿说：“昨晚干完活班长请我们吃夜宵，吃过夜宵没有车回家，就在班里的沙发上睡了一觉。今天加班时间可能短一点，我尽量早点回家。你放心早点睡觉。”说完挂电话了。

挂断电话的嘟嘟声像一根针把方芳的心挑得有点发毛。方芳知道这都是上午叶萍和陈芸随便说的几句话在她心里作的怪。她用汤泡了半碗饭，慢慢吃下去后才感觉舒服一点，是儿子喜欢的小排冬瓜汤把上午掉进她心里的石头给软化了。方芳想她应该相信自己的儿子。

晚上8点，方芳又有点坐立不安。两天没有见到儿子的情况原来也有过。那次是儿子和同学一起到崇明去旅游，她一个人在家过得很好。她索性关掉电视机，把小排冬瓜汤装了满满一保温桶，她要给儿子送去。她给自己的冠冕堂皇的理由是儿子加班很辛苦，应该补充营养。其实她还是想去看看儿子是不是在加班，晚上在哪里睡觉。

方芳来到儿子的厂子门口，跟门卫说给加班的儿子送饭。门卫告诉她今天厂里没有人加班。方芳急忙给儿子打电话，儿子电话关机。

尽管心里有点准备，方芳一下也慌了神，眼泪跟着也出来了。她给陈芸打了个电话。陈芸说，不要太紧张，也许他的电话没有电了。想想看他还能去哪里？方芳哭着说：“儿子原来每天都按时回家，我不知道他还能去哪里。”陈芸说：“你可以打电话问问他的好朋友。”方芳说：“他和孙阳关系好，他们两个人原来是同学，现在是同事。只是我没有孙阳的电话号码。”陈芸问：“你知道孙阳住在哪里吗?”有一次方芳陪儿子买衣服的时候儿子给她指过孙阳的家，方芳记得是在巨鹿路。方芳说，大概知道。

陈芸说：“我现在就出门，一会儿我们在地铁7号线静安寺站一号口碰面，我陪你去找孙阳。”

方芳和陈芸心急火燎地来到巨鹿路，那次天天买衣服的店已经没有了。方芳只记得大致的位置。陈芸和方芳试着敲开了几家的门才找到孙阳的家。孙阳去方芳家好几次，一眼就认出方芳，把方芳和陈芸让进了家。

方芳问孙阳：“知不知道天天现在在哪里?”孙阳说：“不知道。”方芳问：“天天今天有没有上班?”孙阳说：“上班了，下班时我们一起走出厂子大门。”

孙阳妈妈要儿子再给天天打个电话。天天的电话还是关机。孙阳又给他们班长和其他几个和天天关系好的同学打电话询问，都说不知道天天在哪里。

方芳急哭了，她说：“这孩子什么时候学会了说谎?”陈芸说：“方芳别急，天天是个好孩子，他没回家一定有他的原因。”孙阳妈妈问儿子：“你今天发现天天有什么异常吗?他最近有没有交什么朋友?”

孙阳想了想说：“他今天是有点不正常，中午吃饭后没有参加我们吹牛，趴在桌子上打瞌睡。还有，我进地铁站的时候，看见他没去12路车站而是去了芭比馒头店。”

陈芸对孙阳说：“明天早上你到厂里看到天天，麻烦你让他给妈妈打个电话。”方芳说：“我明天一早就到厂门口等他。”

孙阳爸爸说："这样最好。你不要太着急，如果孩子真的遇到了什么麻烦，我们一起想办法。"

孙阳爸爸打电话为方芳和陈芸叫了回家的出租车。陈芸看方芳六神无主，在车上给老公打电话说今晚陪方芳，不回家了。

方芳老远就看见自己家客厅和厨房的灯亮着，她不清楚是自己出门时忘了关灯，还是儿子回来了。她打开门看见沙发上躺了一个人，头和上身被几个坐垫压着，从裤子和鞋看，这个人肯定是天天。方芳拿掉天天头上的坐垫，天天一动不动。

方芳抓住天天的衣领说："起来。"天天半睁着眼迷迷瞪瞪地说："让我再睡一会，困死了。"

方芳哇地一声大哭起来，像要把一晚上的担心和恐惧都哭出来。

陈芸悄悄地回家了。

哭声惊醒了天天，他坐起来一脸无辜地问："妈妈，你怎么啦？你刚才上哪里去了？"

方芳说："你还问我，你说你上哪里去了？我以为你真加班，煮了汤送去给你补身体，谁知你骗我，你们厂的门卫说今天根本就没人加班。打电话你还关机，我都吓死了。"

天天看到放在茶几上的保温桶，上学的时候妈妈经常拿这个给他送汤。这时候他完全醒了。他拉着抽泣的妈妈在沙发上坐下来，一手递上餐巾纸一手拍拍妈妈的背说："对不起，我该跟你说实话。"方芳问："你这两天晚上上哪里去了？"

天天说："我去医院，我爸爸生病住院了。"

方芳问："你爸爸得了什么病？现在怎么样了？"

天天说："爸爸得了胃出血，昨天晚上做了手术，现在好多了。爸爸一个人很可怜，我去陪陪他你不要生气。"见妈妈没有说话，天天又说："你原来叫我爸爸的事情不要跟你说，免得你复习痛苦，所以我来了一个善意的谎言。我爸爸现在不是你丈夫，可是他和原来一样是我爸爸，他的事情我肯定不能视而不见、置若罔闻，是吧？"

方芳知道儿子做得没错，起身到厨房拿出一个大碗和一双筷子，她一边把汤盛到碗里，一边说："坐过来，汤还是热的。"

天天说："谢谢妈。"方芳说："你以后不要再吓唬我，我老了经不起。"天天说："不敢了，我妈一点儿也不老。"

天天喝了一口汤，停下来看着方芳。方芳问："不好吃吗？"天天说："好吃。妈妈你有没有 5 万块钱？爸爸失血很多，手术也很大，昨天晚上就花掉了 3 万多块。今天医生要我再交 5 万，说是要用点进口药。爸爸没有钱，我只好回来向你求援。"

方芳说："一个胃出血需要这么多钱？"

天天说："光血就输了 800 毫升，还有手术费、检查费、药费。爸爸前年就下岗了，在家吃低保。这两年他自己没续交医保的钱，所以现在治病是全自费。"

5 万块钱对于像方芳这样的退休单亲妈妈还是一个很大的数目。方芳一边听儿子讲话，一边在心里掂量 5 万块和前夫尤子陵，天平向 5 万块倾斜。方芳说："你爸爸能不能不用进口药？我关节炎每次到医院医生都给我说用点进口药，我坚持用便宜的国产药，效果也很好。还有，你姑姑和叔叔都是和你爸

爸一个妈生的，他们都比我们有钱，能不能找他们支援点？”

天天听方芳这么说眼泪都流出来了。他说：“妈妈，昨天我拿到爸爸的病危通知书的时候心里好难过也好害怕，我想让爸爸活着，我跟医生说过花再多的钱也要把爸爸的病治好。”

儿子心里的天平向尤子陵倾斜。看到儿子掉眼泪，方芳心疼了。她心里的天平两边又迅速地换成5万块钱和儿子的父亲尤子陵。尤子陵还是那个尤子陵，可儿子的父亲尤子陵就是比前夫尤子陵重，天平向儿子的父亲尤子陵倾斜。儿子比什么都重要，儿子要爸爸，方芳就得帮儿子救爸爸。

方芳心一软，嘴就对天天说：“好了，别哭了，快吃吧，汤一会凉了。我只是提个建议，你愿意给你爸爸用进口药就用进口药吧。你安心吃了去睡觉吧，我明天给你的工资卡上打5万块。你这两年交给我的工资奖金我一分也没动。”

天天说：“谢谢妈。我今后会好好干，让妈妈过上好的生活。”

等天天吃完汤准备睡觉时方芳问：“你明天晚上还要陪爸爸吗？”天天说：“还要陪一个星期吧。我姑姑陪白天，我陪晚上。今晚我要回来跟你说钱的事情，姑姑在那里坚持。”方芳说：“要不明天我去陪夜，你白天要上班，晚上得睡觉。”天天说：“不行不行，妈妈你已经给我解决了最大的问题了。今天看起来爸爸基本上没事情了，我晚上可以挤在爸爸脚头上睡觉。昨天晚上我至少睡了5小时。明天晚上估计能睡8小时。”

三

这天晚上叶萍也没有睡好觉，刚开始有点郁闷，后来又有点兴奋。

陈芸夫妻下午没来，叶萍晚上一个人在家吃从沪东家常菜打包回来的剩菜。

女儿瑶瑶早上出门时跟叶萍打招呼说晚上爸爸请吃饭，今天要回来晚一点儿。8 点钟瑶瑶还没回家，叶萍开始不高兴了。

叶萍和前夫黄自强分开已经 16 年了，离婚的时候瑶瑶只有 9 岁。原来黄自强只在女儿生日和过年的时候给女儿买套衣服或带女儿吃顿饭。一年 365 天从女儿的吃喝拉撒睡到上学下学、家庭作业、兴趣特长爱好等全是叶萍一人管。这两年可能黄自强年龄大了朋友少了感到孤单了，也可能女儿读研有面子了，黄自强跟瑶瑶联系多了起来，打电话，发短信，请吃饭，有时候给点零花钱。

叶萍不反对黄自强和女儿联系，她有点郁闷的是，要说对女儿的付出，黄自强不到她的 1%，而现在女儿对她和黄自强的感情好像并驾齐驱、不相上下，经常把我爸我爸挂在嘴上，好像黄自强一天也没离开过这个家，而且每天都照顾她。

听到女儿的开门声，叶萍溜进房间上床装睡。瑶瑶知道她没回来妈妈不会睡，快速洗漱好抱着自己的被子坐到妈妈的床头。瑶瑶说："妈妈起来，给你带好吃的了。"叶萍说："不吃，睡觉了。"瑶瑶说："妈妈，有一个好消息你要不要听？"叶萍

扭过头来问："什么好消息？"瑶瑶说："我爸的一个发小带着他的洋太太从美国回来了。"叶萍问："给你爸爸带免税洋礼品了？"瑶瑶说："不是。"叶萍问："他家有个帅哥打算介绍给你认识？"瑶瑶说："妈妈，你想到哪儿去了，我爸爸的眼光就是比你高。"

这句话把叶萍烤了一晚上的干柴给引着了。她虎着脸说："你爸爸的眼光当然高，你小的时候需要浇水施肥，他把你甩给我，现在你长大了，他就到你的大树底下来乘凉了。"

瑶瑶说："哪里，如果我是一棵大树的话，我粗壮的树干和茂密的枝叶都是妈妈您光合作用的结果。爸爸他当年只是贡献了半颗种子，没有妈妈您的那半颗种子我这棵树也长不出来。等我毕业了一定好好工作，发出更多的枝丫，长出更浓密的叶子，春天为您开花，秋天为您结果，冬天给您挡风，夏天为您遮阳。我爸爸他只有站在边上免费看风景的份儿。"

瑶瑶的话像清凉的泉水扑灭了妈妈心里的火，还浇开了妈妈脸上的花。叶萍一边坐起来穿上毛衣一边对女儿说："你这丫头跟谁学得这么会哄人？今天晚上你跟他吃顿饭就花了四五个小时，四五个小时要说多少话？平时我跟你说话总嫌我啰唆。"瑶瑶说："妈妈不要妒忌我爸爸好不好？今天我们是有大事要谈嘛。"

叶萍问："说了半天，今天有什么好消息？你爸爸的眼光怎么个高法还没说。"

瑶瑶说："你原来不是说我在学校是好学生，还遗传妈妈的好基因，人长得也有模有样，又有研究生学历，明年毕业找个好工作只欠东风吗？你说我爸爸的发小是不是我的东风？"

叶萍问："你的意思是你爸爸的发小可以帮你找到工作?"瑶瑶说："他根本就不需要找，他手里就有一大把工作，发给我一个根本不费他的力。你想想啊，我爸说他发小是我们学校花大力气挖来的人才，至少也是教授吧。这样的人物有科研经费，也会有他的实验室，他需要助研助教之类的新人吧？而且他还是我们生物系的。"

叶萍说："我知道了，你做梦都想留校，这下你留校的东风从大西洋那边漂过来了。"瑶瑶说："妈妈聪明。"叶萍说："你爸爸这回的小脑筋的确动得不错。他跟他发小说过了?"瑶瑶说："没有。他说找机会跟他提提。"叶萍说："什么找机会跟他提提，要他一定要多花精力多费口舌，靠近发小、黏住发小，不获全胜绝不收兵。跟你爸爸说，抓紧请发小吃个饭，把你带上，你还有半年多就毕业了。"瑶瑶说："我也这么想，爸爸的发小刚回国，人生地不熟，一定需要人给他跑跑腿打打杂，爸爸介绍我认识后我没事就去给他当免费助理，让他发现我这个人才。"

叶萍说："就这么办。跟你爸爸说，不要太小气，钱不够我也算一份。他要是把你工作的事情搞定了，这十几年来欠我的账我给他一笔勾销。"

瑶瑶问："我爸爸欠你的账?"叶萍说："是啊，他把我这辈子害苦了。"

瑶瑶说："妈妈，我拿到工作之日就是你享福之时。我今后不会让你受一丁点的苦。"

瑶瑶回自己屋睡觉了，叶萍兴奋起来，睡不着了。

女儿还算聪明伶俐，从小学到大学一路顺风。读书到最后

一个阶段才出现了问题，大学毕业时找工作四处碰壁。因为找不到理想的工作，女儿前年不得不考研。女儿考上研究生以后对工作的要求也上了一层楼，一心想留校做研究当教授。女儿说有了好工作不仅自己有了好前途好收入，还能为妈妈钓个金龟婿。

叶萍这两年没少为瑶瑶的工作操心，但是转眼到了瑶瑶研究生最后一年，工作还是没有着落。叶萍和瑶瑶的捕捞工作的小船在职场的大海里颠簸漂泊摇摇晃晃，正不知道驶向何方，现在有人为她们亮起了灯塔，递过来一根粗大的缆绳。

尽管八字还没有一撇，叶萍打算明天把瑶瑶东风的事情告诉阮倩茹。阮倩茹也很关心女儿的事情，曾经托她姐姐请在生物医学研究所工作的姐夫的哥哥帮忙给瑶瑶介绍工作。虽然没有成功，叶萍还是打心眼里感谢阮倩茹。想到阮倩茹又联想到她今天的缺席，叶萍的兴奋冷却了不少。平时阮倩茹跟大家无话不说，今天既不参加活动，又没有说明原因，莫非真遇到了什么难事？

四

第二天吃好早饭，叶萍登录 QQ，看到阮倩茹没有上线，给她发了个笑脸，然后开始打扫房间。一个小时后再去看，阮倩茹还是没上线。叶萍拨了阮倩茹的电话，约阮倩茹一起去买菜。阮倩茹声音低沉地说：“我不去了，你自己去吧。”

听到这话，叶萍觉得不对劲。原来热情豪放的阮倩茹今天

说话完全变调了。

她问："阮姐，你在哪里？"阮倩茹说："我在家。"叶萍说："我昨天到杏花楼买了两斤的杏仁酥，我给你拿点去。"阮倩茹说："我不要。"叶萍说："我现在无聊，想去你那儿坐一会。"阮倩茹说："你去找她们吧。"叶萍急了，说："阮姐，你有什么事情吗？我们可是好姐妹，有什么事情你说，跑腿求人我们比你行。"阮倩茹说了句"你们谁也帮不了我"，就呜呜地哭起来。

叶萍感到不妙，一路小跑赶到阮倩茹家。不像原来每次到阮倩茹家都有好茶、水果、点心加笑脸，这天只有冷板凳。阮倩茹低着头，愁眉苦脸，头发也没梳，一句话不说。僵持了十分钟左右，阮倩茹还是不说话。叶萍打电话叫方芳和陈芸马上过来。

增援部队到了，叶萍觉得有了点底气。她说："阮姐，有什么难处说出来，我们解决不了问题，也许可以帮你出出主意。"方芳说："是呀，三个臭皮匠赛过诸葛亮嘛。"陈芸说："当事者迷，旁观者清。"

阮倩茹终于开口了。她说："你们谁有本事，帮我找个卖血、卖肾或者卖肝的地方。我身上的部件能卖的都卖。"

叶萍问："你这是干什么？"

阮倩茹说："我急需要钱。"

陈芸问："你需要多少，我们凑凑。"

阮倩茹说："80 万元，你们凑得出来吗？"

阮倩茹的话声音很小，但每一句话都如晴天霹雳，把在座的人都震惊了。安静了一分钟，陈芸突然哭了。她说："阮姐，

到底发生什么事情了？你不要吓唬我们。”她的哭声像一根导火索，引得四姐妹一起哭起来。

叶萍先止住哭，她对大家说：“不哭了，大家想想办法吧。方芳你到楼下去买一斤虾仁饺子，顺便带点青菜，我们今天中午在阮姐的家里吃午饭。”

阮倩茹真的碰上大麻烦了。

上个星期四的傍晚，阮倩茹吃过晚饭刚打开电视，有人敲她的门。从门镜里看，是尔雅的好朋友淑媛和淑媛妈妈。她开了门，热情地请这母女俩进屋。淑媛和她妈妈神情都很严肃。阮倩茹问她们：“有没有吃晚饭?”淑媛说：“阮阿姨，我们今天来有很重要的事情跟你说。”

阮倩茹想到事情可能与女儿有关，心提了起来。

淑媛说：“我和尔雅是多年的好朋友，我妈妈也把尔雅当女儿看待。尔雅在4年前说帮忙理财，把我妈妈的400万块钱存入了她的账户。上个月我们回来的时候400万块钱只有100万块了。经过我们反复追问，她承认她花掉了连本带息300多万块。这是她给我们写的还款计划。”

看到女儿亲笔写的350万元的还款计划，阮倩茹一下子觉得自己掉入了万丈深渊。

淑媛说：“我们今天来找你只是希望能拿回我们的钱，我毕竟和她是这么多年的朋友，不希望她因为诈骗罪去坐牢。”

350万元的还款计划像一把刀笔直地插进了阮倩茹的心，“诈骗罪”和“坐牢”这几个字像一把扭力扳手把插进心里的这把刀又旋转了几下，阮倩茹心里一阵绞痛。

她说：“我会尽快找到尔雅把事情弄清楚，然后给你们一

个说法。”

阮倩茹一个晚上没有睡觉。她联想到尔雅几个月前也跟她说过银行有 8% 年息的理财产品，要 50 万元起，如果妈妈的朋友想高收益理财，把钱打进她的账户就行。当时阮倩茹信以为真，没有细想，还跟叶萍、方芳和陈芸提起过。陈芸曾经建议她们四姐妹凑 50 万元存一年，到时候拿 4 万块利息一起到新加坡去旅游。因为方芳家里有事急用钱，没凑够 50 万元，这件事才不了了之。如果女儿真的在骗钱的话，幸亏方芳钱不够，要不怎么向姐妹们交代？阮倩茹打了一个大寒战。

这几年女儿生活阔绰，花钱大方，阮倩茹虽然不太认可。但想到女儿在银行工作，事业有成，收入高，也没去干预。现在看来原来女儿高消费花掉的是别人的钱。

第二天天亮的时候，阮倩茹的心里的一线希望和太阳一起升起，她希望昨天的事是一场误会，希望女儿说这不是真的。

早上 7 点，她打算打电话叫女儿晚上回来吃饭。她担心女儿还在睡觉，到 7 点 20 分电话还没舍得打。到了 7 点半的时候，她眉头没皱却计上心来。她要学一回福尔摩斯，她要到花旗银行江湾分行去侦查女儿是不是在那里上班。如果女儿还在银行上班，淑媛说的就不是真的，银行肯定不会保留利用职务之便挥霍别人钱的职工。

阮倩茹在上午 9 点到达江湾分行。她给女儿打了 3 次电话都没有人接听。她在银行大厅里耐心地等了一个小时，再一次拨通女儿的手机，还是没有人接听。她壮了壮胆走过去问大堂经理银行有没有叫金尔雅的员工，大堂经理很确定地告诉她“没有”。

她对这个“没有”已经有了思想准备，但是她不能接受这个“没有”。她知道是自找没趣还是上楼到了银行办公室，再次询问这里有没有一个叫金尔雅的员工，回答还是没有。这下她确信女儿不仅骗别人，而且欺骗这个世界上最疼爱她的妈妈。

现在她不得不相信，这几年来，戴在尔雅头上让阮倩茹骄傲、让亲朋好友羡慕的花旗银行分行副行长的光环是假的。她心灰意冷地回到家。

尔雅心里总算还有阮倩茹这个妈妈。到下午一点，尔雅回电话给阮倩茹。尔雅的口气还跟原来一样平和，甚至还有点撒娇。尔雅问：“妈妈打电话来有事吗？是不是又做什么好吃的了？”阮倩茹说：“你今天回来一趟。”尔雅说：“今天开中层干部会，要很晚才能结束。明天晚上回去吧。”

第二天晚上，阮倩茹像以前一样给女儿准备了丰盛可口的晚饭。女儿说的话是假的，女儿是真的，女儿任何时候不论好坏都是妈妈的心头肉。等女儿吃好饭后，阮倩茹才问：“你今天上班了吗？”尔雅答：“上了。”阮倩茹问：“在哪里上班？”尔雅笑着回答：“花旗呀，我还能在哪里上班？”阮倩茹问：“你最近跟淑媛联系吗？”尔雅说：“网上联系，她还要过两个月才回来。”阮倩茹在心里叫苦，女儿这是跟谁学的，开口就说谎？

阮倩茹说：“我昨天去过花旗了。”

开在尔雅脸上的灿烂的花朵一下子变暗缩回去了。阮倩茹拿一个指头轻轻一顶就把戴在尔雅头上的面纱捅了一个洞，一束金色的阳光瞬间透过这洞穿进来，晃得尔雅的双眼迷茫。

阮倩茹折返过来问："你什么时候离开银行的？"尔雅知道瞒不过去了，回答："有四个月了。"阮倩茹问："你给淑媛妈妈写的还款计划是怎么回事？"尔雅说："我帮她理财，亏了。"阮倩茹是做财务的，懂得一点儿理财的常识。银行的理财产品大多数不亏，就是亏也不会全军覆没。她问："剩下的钱呢？"

尔雅回答："你就当是我用掉了。"

当问及现在是否有工作有收入时，尔雅说："现在在广告公司工作，月收入约 8000 元。"

阮倩茹问："你欠淑媛妈妈的 350 万元你打算怎么办？按你每月 8000 元的收入，你到退休也还不完。"尔雅说："我什么时候拿个大单一次就还上了。"尔雅的眼睛现在适应了真实的阳光，可脑子还在虚幻梦想中。

阮倩茹说："可是你如果最近拿不到大单，还不了钱，人家要告你利用职务诈骗。350 万元属于数额特别巨大，要坐半辈子牢的。"

尔雅反问道："牢是那么好坐的吗？"尔雅说："我问过律师，如果淑媛妈妈告我，很有可能被归为民事纠纷案，中国民事纠纷这么多，要是都坐牢再盖 100 座监狱也不够。"原来尔雅抓住了"很有可能"这根稻草。阮倩茹不忍心给身处困境的女儿显示她抓住的这根稻草有多细、多脆、多干枯、多弱不禁风。

阮倩茹换了一个话题，问："你遇到这么大的事情怎么就不跟我说？让人家找上门来我才知道。"尔雅答："你就那点退休金，我跟你说有用吗？"尔雅觉得能帮她的就是钱，阮倩茹忍住心里的一阵刺痛关心地问："你们现在住什么地方？"尔雅

说："公司。"

这时，尔雅的男朋友小松打来电话，说有客户要见。尔雅正好想脱身，跟阮倩茹说了声公司有急事，有空再跟你聊就走了。这几天连一个电话也没打来。

阮倩茹的讲述让陈芸、叶萍和方芳心惊肉跳，她们不敢相信也不愿意相信平时看起来温柔热情斯文的尔雅竟然会做出这种事情来。

阮倩茹最后说："不管怎么样，她是我唯一的女儿，我不想让她坐牢，我想救她。"

陈芸问："如果是淑媛妈妈托尔雅在银行理财，不能算利用职务诈骗。而且理财缩水的部分也不能由尔雅还。你得问问清楚理财缩水多少？尔雅实际该还给她们多少钱？"

阮倩茹说："她根本不肯跟我说实话。事情的经过，钱花到哪里去了，为什么不在银行干了，现在在哪个公司上班，她都避而不谈。"

叶萍想到了前夫黄自强主动帮瑶瑶找工作的事情。说："阮姐，这么大的事情你不要自己硬抗，你去找金夏想想办法。"

金夏是阮倩茹的前夫，尔雅的爸爸。

方芳也想到了自己省吃俭用攒了两年结果被儿子轻松要去给尤子陵看病的5万块钱。方芳说："这种事情是要跟金夏谈，他不会袖手旁观。而且，你现在不告诉他，今后万一这个事情解决得不好，他会怪你的。"

阮倩茹说："不行，离婚这么多年我从没见过他，我也不准他见尔雅，他一定恨死我了。"

陈芸说："我也觉得要去找金夏帮忙想想办法。毕竟尔雅是他的亲骨肉。你不让他们见面他们还是会见面。我和方芳就碰到过一次，没敢跟你说。就算金夏恨你，他怎么也不会恨女儿，女儿有这么大的事情，他不会不管。"

阮倩茹不语，沉默表示松口表示同意。

陈芸问："阮姐，你有没有金夏的电话号码？"阮倩茹说："没有。"方芳说："金夏经常到我们楼上张工家走动。我回去问问张工。"

叶萍对方芳说："你弄到金夏的电话号码后跟他约个时间见个面，我俩陪阮姐去。"

五

方芳先爬上 5 楼在张工那儿得到金夏的电话号码才回到 2 楼自己的家。她给金夏打了个电话，金夏知道方芳是阮倩茹的好朋友，方芳说有事想见见他。金夏说他正在北京出差，后天下午回来。金夏问有什么事？方芳说："是尔雅的事，等你回来再说吧。"

由前妻的好朋友出面找他谈尔雅的事应该是件大事。金夏问："尔雅怎么啦？生病了？"方芳说："没有，尔雅身体很好。"金夏说："我后天一回来就跟你联系。"方芳说："能不能定在后天晚上在我家或阮姐家见面？"金夏说："既然是尔雅的事情，就在阮倩茹家吧。"方芳说："那好，后天晚上 7 点见。"

方芳接着一一打电话给阮倩茹、叶萍和陈芸告诉她们她工作的进展。打完电话她坐在沙发上发了一会儿愣。看看时间已经快下午3点了，她上床盖上被子想补个午觉。

方芳身体躺在床上休息，心还在扑通扑通乱跳，脑子还想着尔雅的事情，好像今天上午看了一个惊险的电影，脑子里还在不停地回放。

她突然想到自己的儿子天天，昨天找她要了5万块钱，说是给他爸爸看病，不会有别的滑头吧？这两个晚上天天真的到医院去了吗？不会在什么地方瞎混？方芳被自己的奇思怪想吓到了。别人的事头顶过，自己的事穿心过，这个疑惑的一闪念虽然只关系到5万块钱，但是比尔雅的几百万元更让她胆战心惊。

方芳一骨碌爬起来，从床头柜上抓起电话用手指熟练地点了儿子的电话号码。儿子的一声柔和的“妈妈”让她的心安定了一点儿。天天问：“妈妈，有什么事吗？”方芳问：“天天，你在哪里？”天天说：“在上班。”方芳这才从她自己的臆想中钻出一个脑袋。她问：“你爸爸今天还好吗？我煮了一点汤准备给他送去。”天天说：“我上午给爸爸打了个电话，他说今天好多了。汤你自己喝吧，爸爸今天还不能吃饭。”

方芳说：“那今晚我去陪你爸爸吧，你已经两天没好好睡觉了。我白天不上班可以在家睡觉。”

天天说：“不用。你就在家踏踏实实睡吧，我挤在爸爸的脚头睡得蛮好。”天天不让她去医院，她疑心加重了。

方芳说：“那我今天晚上去看你爸爸，他生了这么大的病，我一次也没去看，礼节说不过去，他毕竟是你的亲爸爸。”

天天说："老妈，你打电话来就说这事儿啊，还吞吞吐吐拐弯抹角的。看我爸爸没问题，我给你免费。今天下午 6 点你直接去医院，我在医院门口等你。要是爸爸还好，晚上我跟你一起回家睡觉。"

方芳这下心定了，儿子没有骗她。方芳放下电话后感到肚子饿，这才想起来今天的午饭几乎没怎么吃。她为自己煮了碗面条吃了以后提前走到医院。

方芳随儿子来到前夫尤子陵的病房。几年没见，尤子陵瘦了，因为生病他脸色苍白，精神软弱，目光黯淡，看上去老了很多。见到方芳尤子陵有点意外还有点不安。方芳护士出身，走进病房像回到了岗位，没有丝毫忸怩和尴尬。她跟尤子陵说："你胃不好，不要吃生冷酸辣的东西，酒最好不要喝了。"尤子陵像做错事的孩子说："知道了。谢谢你的 5 万块钱，我会尽早还给你。还谢谢你今天来看我。"

方芳听到尤子陵提到 5 万块钱，心里一块石头彻底落了地。一阵轻松从她的心里跳到嘴上。她说："还钱的事不急，你身体不好就在家静养。反正天天上班了，我们不缺这点钱。"方芳现在不在乎这 5 万块钱能不能回来，她在乎的是儿子没有跟她撒谎。

从医院出来，方芳跟儿子说："我饿了，我们一起去吃你喜欢的必胜客吧。"天天说："好啊，不过，妈妈你今天好像有点怪。"

方芳说："天天，你这么乖，妈妈开心一点儿也不怪。"

六

陈芸那个周五被儿子约谈。接到儿子请吃饭的电话，陈芸既高兴又慌张。

陈芸原来跟前夫王明耀和儿子磊磊住在南京西路的一套两居室里。儿子住北面一间，陈芸和王明耀住南面一间。离婚后陈芸在北面和南面的房间住都不合适，她把自己一半的产权转给儿子，搬进母亲留给她的在七浦路的一间房子里。因为房子的问题，她和王明耀分开的同时也和儿子分开了。但是她和儿子居住位置分开心却没有分开。陈芸一个月总要请儿子吃几次饭，借机会和儿子聊聊天，套套近乎。儿子有女朋友后，她知趣地把请儿子吃饭的次数压缩到了每月两次。这几年，和儿子一起吃饭一直是她生活中的“开心果”，吃一颗香好多天，吃了这颗还想吃那一颗。

这是儿子第一次请她吃饭，虽然还是母子俩吃饭，她觉得和她请儿子吃饭不太一样。她想儿子请吃饭也许是一颗不同品种的“开心果”吧。

儿子提前到了他们经常光顾的风顺港湾，点好了菜。陈芸赶到时儿子给她倒上茶，叫服务员上菜。这叫她受宠若惊。

儿子先给她盛了一碗她最爱吃的水果甜汤，然后对陈芸说：“我和婷婷准备结婚了。”陈芸笑了，说：“好啊，早就盼望你们俩结婚了。”

儿子大学毕业后在街道做公务员，虽然听起来不那么响亮，也是很多人羡慕的位置。陈芸很满意。儿子的女朋友婷婷的老家是四川农村的，她在静安区的一个幼儿园做幼师，工作和收入都稳定，人长得不错，说起话来也柔柔的，陈芸也很喜欢她。儿子要结婚陈芸的心里比刚喝的一口甜汤还要甜。

儿子又给陈芸夹了一块糖醋排骨，接着说："我们想在我现在住的房子里结婚。"陈芸说："行啊，我早就把那个房子一半产权给你了，你爸爸当初承诺给你的婚房，现在他只要给你他那一半产权就行了。那套房子面积不大，不过房子朝向方位都不错，地理位置好，生活也方便，你们俩上班也近，在那儿结婚我赞成。"陈芸只顾说话，那块糖醋排骨才啃了一小口。

儿子说："我爸爸买断工龄后开的那个店这几年生意一直不太好，他的收入应付日常生活还可以，买房根本不可能。妈妈你能不能把你七浦路的那间房子让出来给爸爸住?"

儿子给陈芸夹的那块排骨还在嘴里，儿子的话像一块骨刺扎在她的心上，她立刻痛地"啊"了一声。

陈芸对那间房子是有感情的。虽然妈妈已经走了几年，那个屋里的家具布局摆设都保持和她妈妈在的时候一模一样，正面还挂着她和妈妈的合影。那个小屋的每一件物品每个角落都刻着她对妈妈的记忆。尽管跟何清文结婚后她搬到了何清文家去住，每隔十天半个月她还要回来打扫打扫卫生，回味亲情，好多人给高价租这个房子她都没同意。

陈芸慢慢地把那块排骨从嘴里拿出来，还有一小块肉她也不想吃了。她喝了一口甜汤安抚刚才她的嗓子里发"啊"的声音时骨头在嘴里对口腔黏膜的擦伤。然后她试着拔出扎在心上的那根骨刺。她对儿子说："磊磊，那个小房子是你姥姥留给

我的，跟你爸爸一点儿关系也没有。”

陈芸这个时候想起了妈妈。她一把鼻子一把眼泪地说：“在这个小屋里，我觉得我还和我妈妈在一起，这个小屋一直就是我的娘家。我想保留我那点记忆，保住我的娘家。”

陈芸是遗腹子，和王明耀结婚前一直跟妈妈住在这个房子里。

见儿子不说话，陈芸又说出来更加实际和重要的不愿意让出来房子的理由：“我现在和何清文住在一起，可是他的财产、房子将来都是他儿子的。如果何清文走在我前面，我还得搬回我的小屋去住。”说完陈芸眼睛里又涌出一串眼泪。

看到妈妈哭成这样，磊磊说：“好了好了，不哭了。爸爸搬进去住又不要你的产权，房子也不会落到外人的手里。你真正哪天需要住那个房子我和爸爸都不会为难你。你实在不愿意，我回去问问爸爸还有没有别的什么办法。”

一桌菜还剩一大半，他们俩都没吃饱就各自回家了。原来和儿子吃饭陈芸总是把没吃了的打包带回去，今天顾不上了。好像儿子现在不是在算计她的房子而是想抓住她本人，她得赶快走，要不就逃不掉了。三十六计跑为上。

可是妈妈的心永远拴在儿女的身上，天下的妈妈再有本事都逃不出儿女的手掌心。第二天陈芸又被儿子的一通电话招回到了谈判桌上。

这回的谈判设在现在儿子和爸爸住的两居室里。磊磊给陈芸端上茶后说：“妈妈，爸爸的意思是把这套市中心的房子卖了，到浦东新区买一套两室一厅，爸爸和我们一起住，将来我们有孩子了，他帮忙带孩子。”

陈芸觉得这两天她的一只脚被套牢了，尽管她一百个舍不得，但是为了儿子结婚，她那间小屋还是要交出来。儿子在占有他爸爸的房间时给爸爸找个住处怎么说也不为错。

现在听儿子说这个计划，她觉得她脚上的套被解开了，她又逃出来了。陈芸高兴地说："这是个好办法，你爸爸没有钱给你们买房，将来给你们带孩子看家为你们省下保姆钱也不错。"

磊磊说："妈妈，能不能把你那套房子也卖了，我们在浦东一次性买个大房子，四室一厅或买个复式楼？产权归你、我和爸爸三个人所有，你需要的时候我们保证把最好的一间房让出来给你住。这样今后你孙子出来的时候就能有个婴儿房。"

原来儿子只是给她松松套，改善一会脚脖子的血液循环。她现在感到不仅脚给套牢，一只手也被套牢了。现在儿子不只是要她交出房子的钥匙，而是要她交出房产证要把她的房子卖了。她心里一阵难过，又想起了妈妈，眼泪哗哗地往外流。陈芸哭着说："房子卖了我没有地方看妈妈，也没有娘家了。"

儿子说："不就是个老屋吗？应该说不是把房子卖掉了，而是把你的房子挪动了一个地方，和儿子的房子放在一起了。将来你老了和儿子住一起不是很好吗？你要娘家，儿子的家就是你的娘家，不，儿子的家就是你的家。何清文哪天欺负你了，你尽管回来，我和爸爸替你出气。"

陈芸说："磊磊，容妈妈再想想，我的脑子有点昏。"

磊磊说："妈妈，其实整个事情很清楚，我帮你梳理。我和爸爸都没钱买房租房。我要结婚，家里要多个媳妇添个孙子，房子不够住。我们想把家里的住房资源集中到一起，合理

利用。怀旧思亲没有错，可是我们还得讲究实际。把你的房子和我和爸爸的搬到一起，你拥有产权，随时可以入住。这样做近期看你做出贡献但没有吃亏，从长远看我们都能从中获益。”

儿子越说越来劲儿：“你现在虽然和何清文结婚了，但是在重要的经济问题上，你、我和我爸是连在一起的。你和何清文只是白菜萝卜方面的经济联合体，你和我们是房子家电方面的经济联合体。何清文也一样，他和你只是柴米油盐十块八块钱的联合体，他和他儿子是两室一厅十万块百万块意义上的经济联合体。”

儿子不愧是在街道工作的，对老百姓家的事了解得一清二楚，分析得精辟透彻。陈芸和何清文还蛮谈得来，他们从恋爱那天起内心不再孤独寂寞，生活上可以互相关心照顾，可是他们之间在经济上确实有一道没有画出来但是可以清清楚楚感觉到的线。结婚前他们已经写好了互不继承对方遗产的协议。婚后陈芸除了每月给何清文交足够的生活费以外，两个人在经济上基本没有实质上和形式上的礼尚往来。

陈芸这时已不再反抗，不想逃跑，乖乖地举起手来投降，交出了自己房子的钥匙和产权证。

七

金夏坐上回上海的高铁就给尔雅打了个电话，他想提前从女儿这里知道一点儿信息，思想上有个准备，也让他这个作爸爸的在阮倩茹和外人面前多少有点儿面子。尔雅在电话中没有

给他漏一点风声，和平时一样跟他寒暄了几句就以开会为名挂了电话。

金夏和阮倩茹是在尔雅上初中那年离婚的。离婚时金夏净身出门，尔雅和阮倩茹一起生活。这些年尔雅跟金夏很生分，她从没有上门来看过金夏一次。上学的时候不接金夏的电话，不回金夏的短信。上班以后才开始用最节约的字回金夏的短信，用最简洁的句子在电话里跟金夏说话。这两年在她生日的时候接受过金夏的邀请跟金夏一起吃过两次饭，虽然两次都是姗姗来迟，匆匆离去，金夏还是谢谢银行把女儿教得慢慢地懂事了。

金夏分析女儿对他冷淡疏远的原因：一是他原来对女儿管教比较严厉而阮倩茹对女儿溺爱，无形中把女儿推向了阮倩茹；二是阮倩茹把她的仇夫情结转化为仇父意识，天长日久潜移默化地灌输给女儿。所以他怨恨阮倩茹但不怪女儿。

和天下所有的父亲一样，金夏很爱女儿，尤其是这几年他还以女儿为荣。

他认为女儿是低分高能的那种人。读书从小学到高中都在中等水平徘徊。高中毕业勉强考了个高等金融专科学校。没料到走进社会女儿如鱼得水，如鸟投林，生活得有声有色。毕业时尔雅就被农业银行录用。虽然是在市郊的一个小支行，但比起好多本科生、研究生毕业就失业好了很多。而且，她工作的支行离地铁很近，行里职工可以享受免费地铁票，上班来回时间在可以接受的一小时之内，收入稳定偏高。

他当时对女儿的状况很满意了。可是女儿不满足。有了几年的工作经验后炒了国有银行的鱿鱼跳进了美国人的花旗

银行。

在金夏看来，花旗银行就是一个镀金的大缸，跳进去的人一出来身上就金光灿烂。尔雅到了花旗后不久就开始了光鲜的生活。她穿品牌服装，背名贵包，以车轱辘代脚，把酒店当食堂。更让他没想到的是，尔雅在花旗做了不到一年又被提升为分行的副行长。从此隔三差五到北京、广州和旅游胜地开会，一年飞纽约、伦敦的次数比他去南京路、城隍庙还多。

女儿事业上的红火让他在亲戚朋友面前长足了脸。

金夏猜阮倩茹找他十有八九是商量女儿的婚事。一到家就找出了他刚刚凑够的 20 万元存折，他原来打算在女儿结婚时用这笔钱为女儿买嫁妆。今天在车上他又想到女儿眼光高，也许看不上他买的东西，他决定干脆把 20 万元送给女儿，让女儿为她的新房买自己喜欢的物品，自己也落得省事省心。

金夏怀揣 20 万元的存折，手提一袋苹果来到他搬离后还没有来过的阮倩茹的家。走进房间，他的兴致被阮倩茹阴暗的脸扫得只剩两成。他以为阮倩茹还在恨他，勉强对方芳、叶萍和陈芸挤出一丝笑，坐在空给他的位置上。

阮倩茹把淑媛母女到家讨债的经过、她自己去银行实地侦查的结果以及前几天她和尔雅谈话内容一五一十地讲了一遍。最后她说到昨天收到淑媛的短信，说如果一个月内钱不到位，要起诉尔雅职务诈骗罪。

阮倩茹最后说："是我对她太溺爱了，原来什么都随着她。我自己的养老卡也经常被她拿去花个精光。"她还说："其实我早应该想到的，前年我以为她收入不错，要她把住房公积金个人账户的明细打出来给我看看，我想凑点钱给她买个房子，她

拖到现在也没有给我打出来。她走到今天，我们做父母的都有责任。”阮倩茹低声哭起来。

阮倩茹的话像晴天霹雳打得金夏晕头转向。他好像是在听故事，不相信这是真的。他说：“昨天我给尔雅打电话她还有说有笑的，完全不像债务缠身的人。”

阮倩茹说：“她让我们都生活在她的谎言中。”

叶萍说：“金夏，阮姐的意思是要赶快还钱救尔雅，她准备把这个房子卖了，还从她妹妹和哥哥那里凑了20万元，现在大概还有80万元的缺口。阮姐前几天居然想卖肾，被我们劝阻了。你看你能想想办法吗？”

见阮倩茹已经倾其所有，精神也几乎被打垮。金夏从口袋里拿出存折说：“这是我给她存的20万元的嫁妆，现在只好拿去还账。剩下的60万元我回去想办法。”最后他说：“倩茹你也快60岁的人了，要当心自己的身体。”

金夏回家后和衣躺下，来不及心疼难过，大脑的每一个细胞都在想怎样弄到60万元钱。他现在已经59岁，在厂里已经是闲置人员。现在每月顶多能拿5000块，明年退休了每月还不到4000块。靠自己攒钱，60万元10年也不够。而且自己现在根本没有还款能力，借钱没人会借，自己也不敢借。炒股是一部分人来钱的路径，但不是他的，他既没有本钱又没有高超炒股的技能，入市就等于亏本。再就是买彩票，中大奖暴富的人是有，可中大奖的概率比尔雅抓住的稻草还小。想来想去唯一可行的办法是和阮倩茹一样卖房。

金夏的这个一室一厅的房子地理位置不是很好，交通也不太方便，没有豪华装修，也没有高档家具，但是金夏很喜欢他

的这个安乐窝。这个家不仅是他安身之处，更是他的安心之所。回到家里他感到舒适安逸。

金夏当年下决心贷款买房是因为搬家搬怕了。他和阮倩茹离婚后租了四年房子搬了 4 次家。第一次是房东听说别人同样的房子租给一家三口租金可以增加 1/3，要求金夏加租金，他不能接受只好走人。第二次是房东的儿子结婚要用房子，他不得不另找住处。第三次是房东要去和远在澳大利亚定居的儿子团聚，准备卖房。最后一次是搬进自己现在这个家。

金夏觉得搬家真的是劳民伤财的事情。一个人的东西平时看起来不多，搬起家来东西都从屋子的各个角落跑出来，多得搬也搬不完。厨房用的，身上穿的，床上垫的盖的，一件一件打包，一包一包地搬下楼，上车，下车，再一包一包地搬上楼，一件一件地归位，尽管请了搬家公司帮忙，自己还是几天都不得安宁。

想到现在这个年龄把房子卖了以后就再也买不起房子了，金夏心里不禁生出悲哀。没有房子就得租房，租房就难免会搬家，原来年轻搬个家都累得半死，将来老了搬不动了怎么办呢？而且自己马上就要退休，一个月的退休金交了房租就所剩无几了，今后怎么生活呢？

但是想想为了女儿不被抓进去，咬咬牙也得卖房子，走一步算一步，大不了老了住养老院。

金夏睡不着，干脆起来把不舍得丢但是几年也用不上的东西先打包起来，打算放到姐姐家，免得这些东西今后跟着自己经常遭遇搬家之苦。

金夏父母已经去世。他有一个姐姐、一个弟弟和一个妹妹。他给姐姐金春打电话说了事情的原委后，问能不能放一些不常用的东西在姐姐家？金春哭了。金春说："你不要急着卖房，让我找弟弟妹妹来想想办法。"姐姐说无论如何人老了要有个窝。金夏说："不行。你们也都不容易，我女儿捅了娄子，我该受罚，不能拉你们一起下水。"大姐说："我们是兄弟姐妹。"

金春马上打电话叫来弟弟金冬和妹妹金秋商量。

金春把尔雅的事情简单地向弟弟妹妹讲了，她提议他们三人凑60万块钱帮金夏救女儿，以保住金夏的房子。金秋金冬都不同意。

金秋说："我们是靠退休金生活的，要拿出一万块两万块还可以，十万块二十万块没有。"金冬说："我们家的钱都在老婆手里，我连一万两万块也拿不出来。"

金春准备了第二套方案。她说："那只好打爸爸妈妈留下的那个房子的主意。妈妈走的时候把房子交给我处理。我没舍得卖爸爸妈妈的老窝。这几年那个房子一直出租，我们兄妹四个分了几年的租金。现在金夏确实有难处，我想把房子卖了。这个房子现在能卖90万到100万块，给金夏60万块，剩下的我们三个分。你们看行不行？"

金秋说："我儿子明年大学毕业，我还指望这个房子送儿子出国留学呢。"

金春说："尔雅几十年的自由生活比留学重要。而且这个房子08年最多值30万元。你们就当这个房子2008年就卖了，每人分得10万元，2008年没卖这几年你们每年还多得了1万多元租金。"

金冬说："法律允许犯错的人挥金如土，别人帮他出钱免罪吗?"

金春说："尔雅如果被送上法庭很可能被判为罪人。可是在我们家庭，她是我们的亲人，是我们这个大家庭里的一分子，她跟我们血肉相连、牵筋动骨。她现在有了问题，我们要和金夏一起帮助她，给她机会变成一个好人。"

金春流着眼泪继续说："妈妈临走的时候把我们兄妹四个叫到病床前说：'我不能照顾你们了，今后不论谁遇到了困难，你们都要伸出手来帮一把。'妈妈当时把她的手伸出来对我们说：'你们谁答应妈妈就把手放在我的手上。'我记得我们当时把手摞在一起放在妈妈手上。"

金秋被说服了，她说："大姐，就按你说的办吧。"金冬见金秋已经动摇，也跟着过来说："我一个人反对无效，少数服从多数，就这么办吧。"

金春说："我这就给房客打电话要他们搬家，然后到房产中介公司去挂牌卖房。你们俩回家什么都不要说，免得引出麻烦。"

八

星期六，天天一大早起来草草吃了早餐就去医院接爸爸出院。走的时候他对方芳说："这个周末陪爸爸，明天回来吃晚饭。"

星期天下午，天快黑了天天还没回家。7点钟方芳给他打

电话，他说：“妈妈，你先吃饭吧，我可能还要一个小时才能回家。”方芳问：“你忙什么呢?”天天说：“回家再跟你讲吧。”

方芳等到8点多才和天天一起吃晚饭。

原来星期六中午尤子陵独自上厕所的时候晕倒了。天天看到脸色苍白不省人事的爸爸吓坏了。他急忙打了120电话，又把爸爸抱上床。还好爸爸很快就醒了。救护车把刚出院回家几个小时的尤子陵又送到医院。医生说尤子陵是胃出血后的贫血引起的头晕，只需在家卧床静养就行了。

天天和尤子陵回到家后就给姑姑打电话，把爸爸晕倒的事说了一遍。然后他说，爸爸还需要人照顾。姑姑说她的年休假已经用超了，所以这个周末还在加班，没有假期了。姑姑建议天天给尤子陵请个保姆。

天天觉得姑姑说得有道理。和爸爸一起吃好午饭后他去了爸爸家附近的两个家政公司。这两天他见了二十几个候选人，一个也没看上。

方芳说：“你对保姆不要要求那么高。”天天说：“不是我要求高，实在是不好找。做保姆的大多都是女的，和爸爸住在那个一居室里，还要帮爸爸洗澡擦身，她们就是愿意干，爸爸肯定难为情。我也不放心。”

方芳说：“你爸爸一个大男人你有什么不放心的?”天天说：“人在生病的时候感情比较脆弱，容易做出错误的判断。”

天天说他见了三个男保姆，一个完全不懂做饭，尤子陵这一个月最需要营养，不会做饭肯定不行。另一个抽烟，牙齿和手指都是黄的，全身散发出浓烈的烟味，天天这里通不过。最

后见的一个男保姆各方面都比较好，但是人家要做一年两年的，不做一个月的。

晚饭后天天坐在电脑前，在上海家政网、上海保姆网、无忧保姆网、赶集网上搜索短期住家男保姆，不停地打电话询问商谈。

晚上 11 点，还是没有联系上合适的保姆。方芳过来催天天早点睡觉。她说："这么晚了，保姆们早睡觉了，明天再想办法吧。"天天说："妈妈，不行我请一个月事假吧。"方芳说："你最近不是在参加新项目培训吗?"天天说："是啊，我舍不得放下这么好的机会，可是一时半会儿给爸爸请不到合适的保姆。爸爸的身体更要紧。"

方芳说："要不把你爸爸接过来住到你的房间。你请保姆主要是给你爸爸买菜做饭，我反正顿顿要做饭，他一天三餐跟我们一起吃。你早晚在家帮他洗洗干净就好了。"天天笑了说："这倒是个好办法。还是我妈心眼好。平时提起爸爸就咬牙切齿，现在爸爸生病了又花钱又出力。"

方芳说："我不是心眼好，我怕你爸爸这回把你给拖垮了。我也心疼你辛辛苦苦挣的 3500 块保姆费。"

九

十几天过去了，前夫黄自强约发小吃饭的事还没有动静，叶萍沉不住气了。吃晚饭时，叶萍问瑶瑶："你的东风怎么样了?"瑶瑶说："我正要跟你说，我爸爸那个发小可不是春风拂面或秋风送爽的那种风，他简直就是势不可挡的台风或龙卷风。今天学校的官网上说，他是我们生命科学院的副院长，生物系副主任。"

叶萍问瑶瑶："你爸爸跟他联系了吗？"瑶瑶说："爸爸说正在想办法，他的发小不太好请。"叶萍说："你爸爸这个人就是爱拖拉，做事需要人催。你晚上再跟他打个电话。那个副院长在上海长大，老同学多的是了。你爸爸不抓紧说不定被别人抢先了。"

她们正说着，瑶瑶的电话响了。一看是爸爸，瑶瑶说："你看，心有灵犀吧，说曹操我爸爸就到。"黄自强跟瑶瑶谈了十几分钟。只听瑶瑶说："好，好，这个我来做工作，没问题。"叶萍听起来事情有眉目了，起身收拾碗筷。

叶萍洗好碗回到客厅，瑶瑶已经给她泡好了茶。叶萍喝了一口茶问："这么乖，有什么事求我？"瑶瑶说："我妈妈聪明。"

叶萍问："你爸爸跟发小约好了？"瑶瑶说："是。"叶萍问："你爸爸真的一顿饭都舍不得，要我出钱啊？"

瑶瑶说："不是要你出钱，是要你出力。"叶萍问："出什么力？"瑶瑶说："爸爸说这个周末请他的发小到我们家来吃饭。"

叶萍有点儿不高兴，她说："你爸爸就是这么小气，现在谁还在家里请客？"

瑶瑶改编了一句京剧《红灯记》里李铁梅的台词："妈妈，你听我说。"

在样板戏要提高、要普及的年代，叶萍是学校文艺宣传队

的骨干。演过李铁梅、吴清华、小常宝等角色。几个样板戏里的主要唱段和经典台词到现在她还记得清清楚楚，经常不由自主地脱口而出。瑶瑶经过耳濡目染，对几个样板戏的有些台词也能做到活学活用。

原来，昨天黄自强去了发小朱正东还没有坐热的办公室，东拉西扯后提到了在一起吃个饭聊聊家常的事情。朱正东脑子里马上想起了几天前老同学刘祥也是说请他吃个饭叙叙旧，结果到了饭店他看到的是十几个他认识和不认识的人在一起天南海北高谈阔论。

朱正东对黄自强说了心里话。他出国前穷得叮当响，没有吃过饭馆儿。到国外后经常进饭馆儿，但习惯于一杯咖啡、一个汉堡、一碟薯条一顿饭的饮食模式。回国后参加了两次在宾馆举办的欢迎酒会和老同学聚会，他都不喜欢。他不适应那种大吃大喝、大吹大擂的场合。他的洋夫人特别受不了包间里烟雾缭绕、高声划拳劝酒的场面。

听完发小诉苦，黄自强灵机一动对朱正东说："你这个顾虑我理解，我也最不喜欢那种气氛。我是想请你到家里尝尝你嫂子做的你最喜欢的家乡菜，请你的洋夫人到中国普通老百姓家体验生活，真真切切地了解中国。"黄自强保证："就你们两口子加我们三口人，我们畅所欲言，不抽烟，自由品酒，多吃菜，自己家做的菜有营养又好吃还不长胖。"

黄自强最了解朱正东，他和朱正东都是上小学时随父母从宁波余姚到上海来的。在余姚他俩住在一条街上，在上海他们住在一个胡同。朱正东小时候最爱吃黄自强妈妈做的宁波菜，比如黄鱼鲞烧肉、黄鱼炖豆腐、蟹粉小笼包。黄自强知道叶萍原来跟着他妈妈学会了很多宁波菜，不仅黄鱼鲞烧肉、黄鱼炖豆腐、蟹粉小笼包都做得很地道，锅烧河鳗、苔菜拖黄鱼、网油包鹅肝也做得很甬帮。

朱正东经不住这个诱惑，几十年没有吃过正宗的家乡菜，想到黄鱼炖豆腐、蟹粉小笼包口水都出来了。而且这种聚会也符合洋夫人的口味，朱正东痛快地答应了。

瑶瑶说："爸爸这次可不是小气，这是大聪明。像朱院长这样讲发小情意，不讲饭店气派的人，我们就得在家里为他营造浓厚温馨、别具一格的家乡情调。我爸爸这一招和《智取威虎山》里的杨子荣面对地形险峻、工事复杂的威虎山果断地决定不能强攻、只能智取如出一辙。不同的是杨子荣在威虎山里摆百鸡宴，我们在家摆甬帮海鲜宴。"

叶萍说："那为什么不请到他家去，让他的小老婆去买、洗、烧。你知道请人吃饭有多麻烦。而且我跟他早分开了，他把他的客人请到我这来，不是让我难堪吗?"

瑶瑶说："妈妈，你就不要对爸爸吹毛求疵了。这次请客为了我呀，我这个主角也得到场吧。在我们家，亲爸亲妈亲女儿，我们三个才能配合默契演好这出革命样板戏，把这个东风拿下。要是在爸爸家，我保准放不开，爸爸也不自然，这场戏肯定要演砸。而且爸爸那个阿姨要是嫉妒起来，惹出点什么事儿来也不一定。那我的工作就泡汤了。"

叶萍还不能不服瑶瑶这张嘴。瑶瑶一边说，叶萍的气一边消，瑶瑶还没说完，叶萍已经转怒为喜了。想想这几年她想做给能帮女儿搞定工作的人吃还没有机会，现在机会来了她没有不大显身手的道理。

第二天早上不到6点，黄自强打来电话要叶萍下楼。见到叶萍，黄自强说：“赶快上车，我们一起去铜川路海鲜市场采购。”叶萍说：“等我上去洗把脸拿点钱。”黄自强说：“钱我带了，脸到车上来洗，我8点还要赶到公司上班，没时间了。”

黄自强还真是有备而来，车上有矿泉水和毛巾洗脸，还有牛奶和蛋糕充饥。

叶萍原来从来没有来过这个海鲜市场，她被五花八门的鱼、虾、蟹、贝弄得眼花缭乱。黄自强对她说，挑好的多买一点儿。叶萍挑了黄斑六线鱼、舟山大黄鱼、阳澄湖大闸蟹、对虾后就想收兵，黄自强又买了3斤蛤蜊。叶萍说：“这个不用了吧。”黄自强说：“这是给你买的，你喜欢吃蛤蜊。趁着新鲜今天你和瑶瑶都吃掉，明天烧菜有劲儿。”

晚上黄自强再次光临。他先把老家亲戚带来的笋干、黄花菜和香菇交给叶萍，又把三双男拖鞋和一双男皮鞋放进鞋柜，还把他自己的两件外套挂在衣帽钩上。瑶瑶问这是做什么？黄自强说：“不能让人家看出来家里没有男人”。最后他拿出两条丝巾和两块锦缎衣料递给叶萍，说：“这个一份给你，一份你明天送给朱正东的洋夫人安妮。”

瑶瑶问：“安妮能听懂上海话吗？”黄自强说：“她跟朱正东学的是普通话，你们明天就跟她说普通话吧。”

叶萍问：“还有别人来吗？”黄自强说：“他两个儿子都还在美国，明天就他们夫妻俩。我明天早上买些新鲜蔬菜过来，然后开车带他们到中华艺术宫参观，大约11点过来，11点半到12点开饭，可以吧？”叶萍说：“可以。”

黄自强又去看了叶萍的卧室，出来后跟瑶瑶说：“明天早上在你妈床上多放一个枕头。”

黄自强走后，瑶瑶对叶萍说：“我爸爸还有点杨子荣的智慧吧?”

叶萍对黄自强这么细心地安排，主动地出力出钱非常满意。她指着丝巾和锦缎衣料对瑶瑶说：“我们俩也得想一下怎么把这两样东西送出去。”

第二天上午 11 点，叶萍和瑶瑶已经熬好了老鸭山药汤、木耳红枣莲子汤，四个凉菜已经上盘，四个热菜准备就绪只等下锅。11 点 5 分，黄自强陪朱正东和安妮光临。

朱正东和黄自强差不多，五十几岁，中等个，清瘦，精神。安妮金发碧眼，皮肤白皙，身材苗条，上身着 V 领雪纺粉红碎花长袖衬衫，下着深红色长裙，在淡妆里显得年轻、秀丽、动人。叶萍和瑶瑶在半小时内完成了四个热菜。在黄自强上菜摆碗筷酒杯时，叶萍和瑶瑶赶快进屋换上昨天晚上精挑细选的衣服。叶萍穿了一件酒红色中式传统锦缎旗袍，典雅端庄风姿绰约。瑶瑶穿低领乳白针织衫，纯棉蓝底白点七分裤，脖子上系一条粉红为主色的印花丝巾，水灵秀气，清新活泼。

看着桌上摆的晶莹剔透如景似画的八菜两汤和美若天仙的两个汤菜制造者，安妮惊叫一声：“天哪！真是太美了。”叶萍对安妮说：“你才美呢。”瑶瑶说欢迎回老家做客。接着朱正东夫妇就座。黄自强坐到朱正东右边，叶萍坐到安妮左边，瑶瑶坐在爸爸妈妈之间安妮的对面。

黄自强给每人斟上葡萄酒，说，大家边吃边聊。

三个女人一出戏，三个美女的戏从旗袍说起。安妮对叶萍说：“你穿着旗袍真好看。”叶萍说：“主要是旗袍好。”叶萍站起来补充道："我这旗袍是量身定做的，你看这领、肩、胸、腰、还有这臀都是恰到好处，既显露女性窈窕身段又保持悠闲舒适的服装特点。"

安妮说："这旗袍确实很合你身。"

叶萍说："我这旗袍不仅做工好，料子也是上乘的锦缎，你看这花纹精致多彩，花型立体生动，穿起来细腻柔软服帖，看起来高贵华丽文雅。"叶萍用左手食指和拇指捏住右侧的袖口对安妮说："你摸摸，很舒服。"安妮用手摸了摸叶萍的袖口，说："柔和、滑润、舒服。"

瑶瑶插话说："安妮，你身材这么好，又长得漂亮，穿旗袍也一定好看。"

安妮说："谢谢你。你今天穿戴得也很美，尤其是你这条丝巾。"瑶瑶说："这是丝绸之乡杭州的品牌，既有装饰性又有实用性。"

叶萍对瑶瑶说："你那条浅黄的丝巾配安妮这件上衣很合适，你拿出来给安妮看看。"瑶瑶走进房间拿出一条昨天黄自强拿来的丝巾，打开包装袋，走到安妮身边说："这条丝巾配你的肤色你的衬衣都很好。我帮你戴上试试。"

瑶瑶双手握着丝巾两端将丝巾的中部拧成麻花状，然后将麻花绕安妮的脖子围两圈，丝巾的两端在脖子的右边系一个蝴蝶结。叶萍这个时候已经拿来一面镜子对着安妮说："看看，蛮漂亮的。"黄自强说："好看，这条丝巾就是为你做的。瑶瑶这条丝巾送给安妮吧。"瑶瑶说："安妮，希望你喜欢。"安妮说："谢谢瑶瑶。我很喜欢。"

瑶瑶说："不用谢，我是生命科学院生物系的研究生，朱

叔叔是我的老师，你是我师母呢。”

安妮说：“真的？我也在生物系工作。你的朱叔叔要我在他的实验室当管理员，帮他筹建实验室。”

叶萍问：“实验室建好了吗？”安妮说：“没有，筹建实验室有好多事情要做，我对上海也不熟悉，中文又不太好，做起来还有点难度。”

叶萍说：“瑶瑶，今后没事常到安妮那儿去帮帮她。”

瑶瑶说：“安妮，你今后有事情给我打电话，我随叫随到。”

叶萍说：“肚子饿了带安妮一起回来吃饭。我现在不工作了，给你们做后勤。”

安妮说：“你做的菜太好吃了，我以后来跟你学做宁波菜。”

叶萍说：“一句话，包教包会。”

吃过饭，黄自强主动洗碗。朱正东和瑶瑶谈学校的事情。叶萍拿出一块锦缎衣料对安妮说：“这块料子是我去年到杭州旅游的时候买的。”安妮说：“很漂亮。”叶萍拿着料子在安妮胸前比比，说：“这块料子配你的白皮肤最合适，送给你吧。下午你要是没有事，我带你到我做旗袍的店里去让裁缝师傅给你量尺寸，下个星期你就有旗袍穿了。”

安妮看着朱正东，黄自强对朱正东说：“中国家乡特产，拿着吧。”朱正东对安妮说：“你喜欢就收下，下次来的时候给叶萍带点你从美国带来的西洋参。”

叶萍说：“不用不用。我身体很好，从不吃补品。”

安妮说：“西洋参能保护心血管系统，增强免疫力，还可

以美容，你一定要试试。”

叶萍说：“我们一会儿去做旗袍吧，回来我就教你做你今天最喜欢的苔菜拖黄鱼，中午的汤和饭都还有，你们吃了晚饭再回家。”

安妮说：“叶萍，你真好。”

叶萍说：“瑶瑶爸爸说你家朱校长小时候很喜欢吃我婆婆做的菜。我婆婆只把做菜的秘诀传给我，她的亲生女儿也不教。我本来只传给我瑶瑶的，今天收你做徒弟。”

安妮说：“一言为定。”

十

金夏一下子成了阮倩茹的救星。阮倩茹不仅不再为钱揪心，也退出了为女儿还债的主战场。金夏约见淑媛母女，为女儿给她们带来的麻烦和损失道歉，表示愿意一次性还清尔雅挪用掉的她们的钱，请她们不再追究尔雅的法律责任。

在和淑媛母女达成共识签订还款协议以后，金夏帮阮倩茹把卖房信息挂在赶集网和搜房网上。他作为联系人一天接上百个电话，跟打来电话的房产中介、买房人和卖房人谈房子的地理位置、房型、装修和卖点，不厌其烦地带人看房，分角不让地讨价还价。然后陪阮倩茹到房产交易中心办理过户手续，到银行把钱打入淑媛妈妈的账户。最后从淑媛妈妈的手里拿回尔雅给她写的350万元还款计划和不再追究尔雅的法律责任的君子协议。

在阮倩茹大舒一口气庆幸事情得到了最理想的解决的时候，金夏的心里还是沉甸甸的。他想到的是筹钱还债只能保住女儿的身体、女儿的现在，只是救女儿的万里长征的第一步。要清洗女儿的大脑，收住女儿的心，带女儿走上正道，他们还有更艰巨、更复杂、更加细致的工作要做，他们任重道远。

金夏开始和尔雅套近乎。他找各种各样的理由和尔雅在一起，请尔雅吃饭、看电影，甚至装病要尔雅周末来陪他。他要先弄清这些年女儿迷路是因为女儿的收集视觉信息的眼睛有问题，还是传送信息的视觉通路出了偏差，亦或是理解分析视觉信息的大脑中枢有病变？然后对症下药。他大智若愚、装聋作哑，一块一块地收集女儿前几年的生活信息，然后合成、还原女儿这几年的生活，掌握了整个事情的来龙去脉。

尔雅和淑媛是中学时期的同班同学。因为两个人的父母都离了婚，都跟单亲妈妈一起生活，学习成绩都在中等偏下，自觉不自觉地被围在一个圈子里，慢慢地成了无话不说的好朋友。尔雅经常到淑媛家里玩，淑媛妈妈爱屋及乌，把尔雅当成自己的女儿来招待。

大学毕业后尔雅进了银行工作，淑媛被爸爸接到美国去读研究生。在淑媛去美国的第一年，尔雅经常到淑媛家陪淑媛妈妈聊天看戏喝酒吃饭。淑媛读完预科开始读研究生的时候，淑媛妈妈忍不住思女之心要到美国去陪读。临走时淑媛妈妈把她的小别墅交给尔雅看管。

当淑媛妈妈说起打算把淑媛爸爸在离婚时给她的 400 万元在尔雅的银行存 3 年定期时，尔雅主动提出帮淑媛妈妈理财，她说她工作的银行有内部职工理财产品，年息比定期存款高

5%，淑媛妈妈的400万元如果买理财产品一年比普通存款能增加20万元左右的收入。见淑媛妈妈犹豫，尔雅说，我明天专门为你的钱开个户，你把钱打到这个账户上我好操作。我给你写个收条，等你三年后回来，我再把本息都打给你。淑媛妈妈本来就比较信任尔雅，听尔雅说给她写收据就完全放心地把钱交给尔雅去理财了。

尔雅也确实用这400多万元买过一个一年的理财产品，收益虽然没有当初讲的那么多，但比定期存款利息还是多了9万块。尔雅通过电话跟淑媛妈妈通报时，淑媛妈妈很高兴，当即要尔雅从收益中拿出2万元作为辛苦费自己花。尔雅为自己不费吹灰之力得到2万块钱感到惊喜。她要去潇洒一把。

那天晚上，尔雅拿着1万块钱请同事小高一起到上海歌城去玩。在歌城大厅，她遇到了几个高中的同学。这几个同学在高中时期都是班上的高材生，当时跟尔雅这种成绩不好的同学来往不多。身上的一万多块钱让尔雅在高中时期受到压抑的虚荣心突然膨胀，尔雅头脑一发热想在这些同学面前出出风头，炫耀自己的经济实力。她对高中同学说，很长时间没有见面，今晚大家吃好喝好唱好，钱我来付。

得知尔雅在银行做经理，看她出手如此大方，老同学果然对她刮目相看，热情地跟她攀谈，索要电话号码、电子邮箱地址，表示今后加强联系。

小松是那天晚上心理上震荡最大的一个同学。上高中时他的学习成绩在班上保持前5名，长相清秀，体魄强健，是班上女生找机会接近的人物。尔雅也送过他一张自己亲手做的很别致的生日卡片。他高中毕业时轻松考上了大学本科，顺利拿到毕业文凭。但是毕业后在职场上很不如意。他因为第一份工作没有前途，第二份工作加班多，收入少，炒了两次老板的鱿鱼。去年他毅然辞去第三份工作，但使出了九牛二虎之力却没跳进任何一个他看中的槽，至今在家待业，经济上还依赖父母。而当年的灰姑娘金尔雅摇身一变成了金融界的金领。

看大家唱得忘了时间，尔雅在十点钟打电话给妈妈说今晚加班，要妈妈早点睡觉不要等她。直到歌城停止营业，这帮人才唱完当晚的最后一支歌。尔雅最后还大方地为老同学和小高叫了回家的计程车。小松主动送尔雅回家。当计程车在淑媛妈妈的别墅门前停下，尔雅打算在老同学面前吹牛吹到底，她说这是她在美国的爸爸帮她买的房子，问小松要不要进去坐坐?出于礼节小松说，这么晚了，不便打扰。尔雅说，不要紧，这里就我一个人住。小松的好奇心指使他进屋游览了一圈后带着激动和兴奋离去。

没料小松真被尔雅的大牛给吹昏了，他对尔雅从肃然起敬到佩服得五体投地。第二天还真的打电话跟尔雅聊天。他们刚开始还是谈陈年往事，后小松谈起在职场的种种不如意，还对尔雅事业上的成功表示钦佩。尔雅的虚荣心得到了一次从来没有的满足，这种满足让尔雅把吹出来的泡泡当成了真实的高楼大厦，并继续把这个泡泡吹得更大更美。她承诺帮小松投资开个广告公司，让小松的才华得到最大限度的发挥。

之后的一个月尔雅和小松天天约会，开始是在饭店，后来在淑媛妈妈的别墅。那一个月尔雅用淑媛妈妈交给她看管的别墅和一串谎言把自己塑造成小松眼里的海外富家女儿和职场精英。同时也得到了她原来不敢奢望的小松的爱情。

尔雅的成功和富裕是假的，她喜欢小松是真的。她要维持她和小松建立在谎言和金钱上的爱情，因此她需要更大的谎言和更多的金钱。

尔雅学小松炒了银行的鱿鱼。尔雅炒银行的鱿鱼表现在两个方面。她不再为银行工作，她也不再通过银行为淑媛妈妈理财。她要自己办公司为淑媛妈妈理财，让淑媛妈妈的金钱增值。

她取出淑媛妈妈的100万元注册了一个广告公司，她任董事长，小松任总经理。为了继续摆阔，保持富家女儿的形象，也为了公司能够接到订单，她又取出淑媛妈妈的钱买车、买包、买服装、买化妆品。为了在爸爸妈妈和亲戚朋友面前为他们的挥金如土给予能接受的解释，尔雅说她现在是花旗银行分行的副行长，她为小松也插上了国家银行职员的标签。

她的理想算盘是她的广告公司大把赚钱，一两年内还上淑媛妈妈的钱，在家人面前露出广告公司董事长的真面目。尔雅在自己的广告公司里没有表现出小松想象的特别的本领，小松也没有施展出尔雅期望的做广告的才华。广告公司大量地投入，微量地产出。尔雅挪用了淑媛妈妈越来越多的钱，而把为淑媛妈妈的钱增值的事更是抛到了脑后。

尔雅每天在真实和虚幻的世界里游走。工作日为广告公司奔波是真的，休息日在父母亲戚面前做银行副行长是虚的。她每天吃喝玩乐是实的，花出去的钱却是骗来的。

一个月前淑媛和妈妈回国，淑媛妈妈三年前交给尔雅的400万元连本带利只剩了100万元。

十一

星期四，瑶瑶放学回来跟叶萍说：“爸爸打电话要我俩准备一下，这个周末回宁波余姚老家去玩。”叶萍说：“你爸爸真是想得出来，我都不是你们黄家的人了，还跟你们回什么老家。”瑶瑶说：“妈妈，不是我爸爸想出来的，是我的东风朱正东朱教授想出来的。他想回余姚看看小时候上过的学校，住过的房子。”

黄自强自幼来到上海，平时和老家的联系不多，已经有十多年没去过余姚。想象余姚和全国大多数地方一样这些年变化很大，过去的老城可能都不在了，黄自强并不是很想去。但是朱正东就是想回去看看。朱正东那个周末在叶萍家过得很惬意。他约黄自强一家到余姚旅行除了看看家乡外，他有意借此机会做东回请黄家。

瑶瑶说：“那个周末你和我爸爸配合得天衣无缝，这个周末要继续努力。爸爸说这个周末不用你出力，你只跟着吃喝玩就好了。”叶萍问：“晚上睡呢？朱教授把我们安排到一个屋怎么办？”

瑶瑶说：“到时候我跟爸爸调包总可以吧。”叶萍还假装不高兴。瑶瑶说：“现在好像不是我们求朱教授，倒像是我求你了。你手里有好工作给我吗？没有就放下架子好好去玩。爸爸这次可是主动要求当司机。”

叶萍的脸阴转多云说：“你爸爸这次是费尽心机了。”瑶瑶

说："爸爸嘛，就是办大事的。以前的几件小事没办好，你不要跟他计较。"

星期六早上，黄自强先开车接叶萍母女。他把装着点心、水果、瓜子的包交给叶萍，要她记着在路上招待朱正东夫妇。叶萍看看都是自己喜欢吃的东西，心中不由冒出一丝得意。车子8点半开到学校外教楼时，朱正东夫妇正好背着双肩包下楼。

朱正东坐副驾驶位置，三个女人坐后排。叶萍把最安全的驾驶员后面的位置让给安妮，给安妮递上一瓶矿泉水后问安妮这些天过得好吗？安妮说："有瑶瑶给我帮忙，工作顺利多了。"叶萍说："瑶瑶说你跟她在办公室都说英语，她的英语口语和听力提高不少，真要谢谢你。"安妮说："瑶瑶聪明，英语进步很快。"叶萍说："你今后多给她安排事情做，算是她对你的回报。"安妮说："瑶瑶办事能力还很强。"叶萍顺口就说："你们系里正在招人是吧，我要瑶瑶投简历应聘，你把她留在你的手下，她帮你打杂跑腿，你们多多栽培她。"

黄自强觉得叶萍说话太直，及时打断说："今天休息，能不能不谈工作。"

他们一行五人在午饭时到了余姚。黄自强的兴致在看到余姚的标示时突然降临，到了余姚城区他和朱正东顾不上去宾馆放行李就马上赶到儿时居住读书玩耍的地方。

他们来到曾经居住过的西北街道。令他们惊喜的是虽然西北街道更名为阳明街道，街道的主要格局、河网水系都保存完好。他们原来居住的老屋依旧是50年前的风貌。

朱正东和黄自强像小时候一样随便走进一户人家，自报家

门后和这家的一位跟他们年纪差不多的男人谈起了往事。那男人想起了他们。他说："朱正东、黄自强，我是朱江啊。"朱江？朱正东和黄自强想起来了，朱江是他们小学的班长。朱江把正在厨房烧饭的妻子叫出来介绍这两位儿时的伙伴，要妻子加菜请老朋友在家喝一杯。黄自强忙说："我们带家属来的，已经在宾馆定了房间和午餐，你和嫂子也一起去吧。"

下午，朱江妻子回家做饭，朱江陪朱正东和黄自强两家人游玩了余姚的南、北两个城区，目睹了家乡的变化，饱览了这个现代全球绿色城市的风光。晚上他们一伙儿在朱江家吃饭。

回到宾馆已经10点多。黄自强因为保护朱正东多喝了几杯，刚进宾馆的房间就哇哇大吐起来。叶萍记得黄自强曾经因喝多了酒胃出过血，那回医生告诉她酒后呕吐厉害要喝水预防胃出血。她找出一瓶矿泉水喂黄自强喝水，然后帮黄自强脱下外套扶他到床上睡觉。叶萍担心瑶瑶年轻夜里睡得太熟黄自强有事没有人帮忙，就自己留在黄自强房间里在沙发上睡。

第二天早餐时，叶萍把牛奶加热后换下黄自强自己弄的一杯凉果汁，说："这个对你胃有好处。"瑶瑶悄悄地说："妈妈，你对我爸爸还是有感情的。"叶萍说："呸呸呸，还不都是为你。"

十二

何清文的前妻要去美国参加哥哥60岁大寿的庆祝活动，顺便在美国玩两个月。为了不打乱上小学二年级的孙子的生活

习惯和作息时间，何清文得在这两个月内顶替前妻的职位，住到儿子家为孙子准备早晚餐，接送孙子上下学，晚上陪孙子做家庭作业。儿子儿媳工作单位离家远又是加班族，只有在周末才能和自己的孩子一起吃顿饭。

何清文前妻走前一个星期，儿子要何清文白天去他家接受前妻的岗前培训。这个月头何清文没收陈芸的生活费。他对陈芸说这两个月我不能给你买菜做饭，你自己照顾好自己。

得到两个月吃喝自主权，陈芸开始还蛮高兴。

何清文小的时候家里兄弟姐妹多，经济上比较紧张。年轻的时候收入低，生活比较拮据，因此养成了勤俭节约的习惯。后来收入提高，手头宽裕了，他仍然按惯性奉行该花就花、能省则省的消费原则。

何清文所谓的该花就花是对他的儿子孙子而言。儿子是独生子女。何清文和前妻纵然有许多不合，在爱子方面他们有着惊人的相似。30 年前，为了让刚上学的儿子上午有劲儿读书，何清文和前妻的早餐总共只吃一块钱的馒头加咸菜，儿子的早餐就吃上了 5 块钱一个的虎皮蛋糕。现在，家里平稳的生活消费曲线总是随着周末儿孙的回来而出现短暂巨大向上的尖波改变。

何清文的能省则省是对他自己而言的，陈芸跟他过，也被划在能省则省的范围。他日常生活讲究实惠，穿衣不图品牌，蔬菜水果不买反季节和新上市产品。能在家里做的绝不到外面买。陈芸有时候开玩笑说他就差在家里的床下种麦子喂鸡养鸭了。

陈芸跟他结婚两年多，经常在心里怪他抠门小气。

何清文被培训的第一天，陈芸早上跳完广场舞后兴冲冲地去吃了小杨生煎包，然后到菜场买了自己喜欢吃的丝瓜、毛豆、番茄、土豆，又买了一个大菠萝。中午烧了个丝瓜毛豆，就着米饭吃得很香。下午烧了个番茄土豆干笋汤，吃得也很有味道。晚上边看电视边吃菠萝嘴巴也很爽。

第二天早上她买了小笼包，还剩一个没吃完。接着她去菜场买了韭黄、香干和河虾。中午，对着平时最喜欢的韭黄炒香干和油焖河虾，她的食欲不太强。第三天到菜场她不知道自己想吃什么。她买了过去何清文在孙子来的时候才买的新鲜桂鱼，回家放了黄酒、香葱和生姜清蒸，最后还放了麻油吃起来也不香。

她习惯了菜里加一种叫何清文的调料。

她感觉到她还是喜欢早上还没睁开眼就听到何清文在房间里走来走去的声音；喜欢在炒菜做饭时何清文站在边上递盐加糖；喜欢早上吃何清文帮她夹了雪里红、咸菜或花生酱的馒头；喜欢晚饭时何清文边说话边给她夹菜浇汤。

这天晚上，陈芸嘴里咀嚼着开心果，眼睛里盯着电视播放的《快乐时光》，心里却空空的。何清文的声音、气味不仅是陈芸餐桌上的调味品，也是她客厅电视机前的安心果。

晚上 7 点多，凉意袭来，填满了房间，渗入陈芸全身。陈芸起身关上正对她的一扇窗，从门后取下何清文的一件绒衣外套披在身上。

何清文开门看见陈芸穿着他的外套，说：“我这件加厚绒衣暖和吧？才 60 块钱一件，我明天也给你买一件吧。”陈芸说：“不要，我的外套好多。我穿你的衣服是因为闻着你的味

道感觉你在我身边。”

何清文心头一热，一把揽过陈芸说：“你今天有点诗人的味道，让我闻闻。”说着他在陈芸的额头上吻了吻。陈芸说：“一个人在家太冷清了。”何清文说：“对不起，老婆，这只是暂时的。”

第二天天气很好。陈芸从午觉中醒来正在想下午怎么打发，何清文来电话要她把床头柜里他的银行卡带上乘56路车到西湖路。他在老黄金店门口等她。

陈芸一听兴奋地一跃而起，拿上何清文的银行卡就出门了。

何清文想到陈芸一个人在家无聊，要她出来走走。陈芸以为何清文是看上那老黄金店里哪根金项链真的要给她买了。

上个星期天，何清文的儿子媳妇在餐桌上提到中国大妈抢购黄金的事情。饭后何清文跟陈芸说：“结婚的时候我没给你买过东西，现在黄金大减价，哪天我去给你买个金项链。”陈芸嘴里说现在买划不来，黄金价可能还要降，心里却长出了一串高兴的花。

儿子关于何清文和她是柴米油盐十块八块钱的经济联合体，而何清文和他儿子、前妻是两室一厅十万八万块的经济联合体的理论像一根刺一样扎在陈芸的心里。不经意碰着了会引起一阵心疼。陈芸不一定很想要金项链，她确实巴望着何清文帮她拔掉心里的这根刺。陈芸想一条金项链怎么也得上千块钱吧，何清文能给她买个金项链，说明他俩远远超越了儿子说的十块八块钱的联合体。

陈芸一路欢天喜地地来到西湖路，老远就看见何清文在翘首以盼。陈芸下了车把银行卡放进何清文的手里。何清文一面把卡放进口袋里一面说：“快过马路，现在是绿灯。”直到跟着何清文走进银行，陈芸才恍然大悟何清文只是要到老黄金店门口和她会面，不是要进老黄金店里给她买项链。

何清文前妻还有三天就走。那天中午吃饭的时候，何清文问前妻有没有换点美元带上？前妻说：“你都看见了，在儿子家买菜做饭都自掏腰包，孙子的零花钱兴趣班的费用都从我养老金里拿，我也跟年轻人一样几乎月月光，没有钱带到美国去，反正大哥说了一切费用他付。”

何清文要陈芸送银行卡来是要取 2 万块钱换成美元给前妻，他觉得出这么大的远门手里总得有点钱。

那天何清文把换好的美元交给前妻后提前和陈芸一起回家。

吃饭的时候何清文对陈芸说：“今天你好像有点不高兴。”陈芸说：“你对前妻太好了。”

何清文说：“晓得你就是在吃醋。”何清文用筷子给陈芸夹了一大块鱼肉说：“她的养老金和精力体力都用在儿子家了。这几天我体会到带孙子很累人。没有她这些年的辛苦，也没有我这些年的轻松。给她带点钱让她至少在老外大哥面前有点面子。关键是如果她出去太寒碜，我儿子脸上也没光。像到美国探亲这种事情一辈子能有几次呢。”

陈芸说：“我儿子说你和我只是一日三餐柴米油盐十块八块钱的经济联合体，而你和你儿子、前妻是两室一厅十万八万块的经济联合体。他的话听起来刺耳钻心，实际上很有道理。”

何清文说：“你儿了说对了一半。你我不仅是一日三餐柴

米油盐十块八块钱的经济联合体，而且是爱情联合体。我们跟子女之间不仅是房子金钱上的联合体，也是亲情联合体。而我们和前妻或前夫之间是通过子女的中转才形成的经济和亲情联系。”

何清文接着说：“你我在一起是过日子。我们和子女在一起是过节。日子虽然清淡简单平凡，我们一年大多数时间是过日子。节日浓郁丰盛新奇，我们不可能跳过日子天天过节。像医生、护士、边防战士、警察一年到头可以没有节日，有些老人子女在外地甚至在国外，一年也和儿女团圆不了一次，没有一个节日，但是每个人都得一天一天地过萝卜白菜十块八块的小日子。和你在一起的日子我很开心快乐，这么多的开心快乐是十万八万块买不到，十室八厅也换不来的。谢谢你给了我价值连城的爱情和亲情。”

陈芸被感动了，她说：“我也谢谢你给我的关怀和爱护。喜欢和你一起过日子。”

吃过饭，何清文到房间里拿出一张保单对陈芸说：“你看我也给你准备有节日。这是我们结婚的那个月我在平安保险公司买的一份保险。我每个月交 600 元，十年后可以拿回十多万元，变成了节日。你看这份保险的受益人是你和我。如果这十年我们俩都健康，这十几万块钱将是我们的共同财产，到时候我们一起到国外去旅游。如果这十年中你或我生病或者受伤，保险公司要为我们报销医保不能报销的自付部分。我们不会因病致贫。我们还能坚持过萝卜白菜十块八块的小日子。”

何清文说：“其实有你在我身边，我每天都像过大节。”陈芸低着头说：“我也是。”

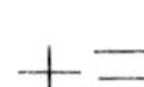

十三

自从尤子陵住进家里养病后，天天每天早上不再睡懒觉，按时起来协助爸爸洗漱。下班后回家帮尤子陵洗澡，陪尤子陵聊天。一个星期下来尤子陵脸上开始有点血色，能抬头挺胸在房间里行走。

星期五天天下班回家后，方芳已经把饭菜端上了桌。天天跟方芳打了个招呼就进自己的屋问尤子陵：“今天可好？”尤子陵开玩笑说：“专职护理师照顾还能不好吗？”天天笑着问：“妈妈这些天有没有陪你说说话？”尤子陵说：“你妈忙着呢，她说要少吃多餐，每天上午下午还给我加一顿饭，我这些天每天 5 顿饭。我不用她进来陪我说话，她很啰唆，我们离婚就是因为我不喜欢听她啰唆唠叨。”

吃过晚饭，天天对尤子陵说：“你现在好一些，不用老躺着，我教你用电脑吧，我不在家的时候你可以玩游戏或者上网看新闻看电影。”尤子陵说：“都说网上也可以找工作，你就教我在网上找个工作吧。等我身体好了，还去上个班。”

天天问：“你原来不是说身体不好不想上班吗？以后你就在家休息，每天就给自己做饭，把胃养养好，反正再过两年可以拿退休金，收入就提高了。”尤子陵说：“原来我不想工作不完全因为身体不好，主要觉得没有必要，没有目标，我一个人没有必要费心去折腾。我这次生病，亏了你和你妈妈。这让我感到虽然我们不在一起住，但我们还是一家人。现在我想再好

好做几年，至少要把你妈的钱尽快还上。”

天天问：“你打算做什么呢？”

尤子陵说：“你爸爸年轻的时候当过解放军的排长，做个保安不成问题吧。”

天天说：“现在你这个年纪不适合做保安，万一有什么事情你跑不快。而且做保安要值夜班，你身体吃不消。”

尤子陵说：“我原来在食品厂工作了将近20年，会做各种各样的点心，去哪个食品厂做技术指导也可以。”

天天说：“这个还可以，最好不值夜班，周末休息。”

犹豫了一会，尤子陵又说：“你还记得武文爸爸吧？他原来跟我一样是食品厂的高级技师，前年在南京路开了一个糕点店，生意很好。他上次来看我时说我那套房子临街一楼，位置不错，建议我把房子改造一下开个点心店。我原来怕烦，没有当回事儿。现在我想通了，我一个人，有个睡觉的地方就行了。照老武的说法，我用自己的房子开店做生意，成本比他的低，点心在我们那一带应该很有市场，一定比他更赚钱。”

天天说：“自己开店做点心也很辛苦的。”

尤子陵说：“其实我的胃溃疡也不是什么大病，开点心店吃饭肯定比原来有规律，又没有时间和朋友们一起喝酒，对胃也有好处。这两年我在家没有事情每天去打麻将也很辛苦，有时候一天十几二十个钟头，还出多入少。如果真的开店，我请一个工人帮我做体力活，争取半年还上你妈的钱，我还想在你结婚的时候送你一套婚房的首付。”

天天说：“爸爸的理想还很高很大。你要是开店当老板，我周末上你那儿去帮工。”

十四

叶萍、方芳和陈芸每人支援阮倩茹一万块钱。她们用这三万块钱为阮倩茹解决燃眉之急住房问题——租房子。在金夏把阮倩茹的房子挂到网上卖的时候她们也开始为阮倩茹找合适的房子租。金夏根据自己以往的租房经验建议她们除了看房子、环境和邻居以外，还要了解房东的家庭情况，最好避开有近几年可能结婚的子女的房东和有子女在海外的房东。

经过精挑细选，她们看上了在周浦的一套两房一厅，虽然位置有点偏，交通比较方便，房子不错，租金的价位随着公交车走一个小时比他们住的纺织小区减少一半。如果一次性付三万块钱阮倩茹可以在这里住三年。

她们带阮倩茹和金夏来看房。阮倩茹现在已经一无所有，在淑媛和她妈妈第一次上门讨债时就有睡马路也要救女儿的信念，没想到她救了女儿还能住这么宽敞明亮的两室一厅，尔雅的房间都有了。她高兴地说："太好了，我今天晚上回去就收拾东西，早点搬过来早点定下心来。"

金夏的心涌出一股感慨。他知道以前的阮倩茹爱干净、讲漂亮，要不是这场大浩劫，这种没有装修的房子她肯定住不惯，她一定会抱怨光秃秃的水泥地冰冷、晦暗又不容易打扫，更不能接受灰塌塌有污渍的墙壁。

金夏心里明白，如果不是阮倩茹卖房弄到300万元，他必定得卖房，那么租房的人就该是他了。阮倩茹伟大的母爱不仅

救了他们女儿，也救了他的房子。

他对阮倩茹说：“不用急着搬家，我们还有18天的时间，这段时间你慢慢把家里的东西归类打包，我把房子收拾一下。”

签署租赁合同后金夏换了房门钥匙就暂时住进了这个房子。阮倩茹拿了大钱救女儿，金夏要拿小钱花力气装修这套房子，让阮倩茹和偶尔回家的女儿住得比较满意舒服。他请他弟弟和他一起用了三天时间用内墙涂料把所有房间的顶刷成白色，墙壁刷成浅粉色；用了一天时间把厨房和卫生间的墙壁贴了一人高的白瓷砖；接着他买了板栗色带木纹的复合地板把两个房间和客厅的水泥地面严严实实地盖上；然后他把阮倩茹家的电热水器、油烟机、空调拆下，搬过来安装调试好；还为阮倩茹装上窗帘、晾衣竿；最后还精心挑选了贴在客厅里的一幅电视背景墙贴和贴在卧室里的两幅不同的温馨卧室墙贴。

阮倩茹这些天也经常过来帮忙，看到房子一天天变得干净漂亮，她对金夏剩下的那点恨也一点点消失。她觉得这次她不仅救了女儿，也让自己丢掉了一份恨，多了一份对别人的理解和豁达，因此在一定意义上也救了自己。

尔雅在现实中比在虚幻里更幸运，不仅爸爸妈妈为她凑钱还清了账，小松在两年的相处中也感知尔雅对他是真好，决定和她在现实中继续走下去。

金夏把自己既可发射又能接收的天线跟尔雅接通后，精密准确地接收来自尔雅心里和公司的信息，苦口婆心地对尔雅播放真诚踏实信用坦荡的节目，并且安排阮倩茹打入尔雅和小松的广告公司，作为不要报酬的会计兼后勤志愿者帮公司把关财务，了解公司经营业务情况，帮助安排尔雅和小松的生活。

尔雅终于醒来。

浪子回头金不换。尔雅回头转变的第一举措是卖掉了车子，用过去一个星期消耗的油费为自己和小松买了能用一个月的公交卡，卖车的钱变成启动快要熄火的公司的钥匙，让公司运作起来。阮倩茹搬到周浦后，尔雅和小松把公司也由浦西市中心搬到了浦东周浦，既节约成本也便于阮倩茹到公司工作。最主要的转变是经营理念上的。原来尔雅把拿到订单的努力放在公关上，请客送礼劳民伤财，经常竹篮打水一场空。现在她把拿到订单的努力主要花在产品质量品位上。尔雅不再拉小松参加与广告设计无关的外事活动，鼓励小松更新知识，多和在大公司工作的同学交流，提高业务能力。公司一步一步与亏损脱钩。

十五

尤子陵把他一居室房子临街的窗子略加改造，挂上一块“馒头花园”的牌子，就当上了老板。

尤子陵在选择产品上费了点心思。他先掂量了自己——下岗职工资本少，奔六老男力气小，所以他不能做耗资大的高档点心，他不能做费力花时间的普通点心。他选定了他的顾客——花小钱买实惠、买健康、买开心、买时间的普通工薪阶层。他决定做几乎每个人都要吃的馒头。不过他的馒头要用最健康的原料以艺术品的形式展现在他的食客的眼前，让他们在享受健康美食的同时享受艺术，他把馒头做成让人赏心悦目的

花。他的馒头的主要原料是：面粉、紫薯、南瓜和蔬菜。面粉是白纸，紫薯、南瓜和绿叶菜是彩笔，尤子陵是画家，馒头花是尤子陵的作品，他的店自然就是馒头花园。花园里的馒头花丰富多彩、姹紫嫣红、争芳吐艳，有紫薯开花馒头、紫薯玫瑰花馒头、南瓜紫薯馒头、南瓜花卷、荷花馒头、葵花馒头等。

馒头花园开张后，尤子陵经常让儿子把没卖掉的馒头带回去吃。方芳觉得不错，在一次四姐妹聚会时带了一些馒头花给大家尝。那天叶萍、陈芸和阮倩茹都说好吃好看，方芳就打电话要尤子陵每个品种送三份过来给她们带回家。

尔雅和小松那天在家吃晚饭。看见阮倩茹带回来的花一样的馒头非常喜欢，尤其喜欢紫薯玫瑰馒头。在开吃之前尔雅用手机给两盘馒头拍照，以“馒头花”为名晒到微信上。饭还没有吃完，一位朋友就打电话来问尔雅在哪里买到的馒头花？尔雅把电话递给妈妈，阮倩茹告诉尔雅朋友尤子陵的地址后兴奋地对尔雅说：“你们为尤伯伯做广告了。”尔雅问：“尤伯伯店的位置不错，手艺又这么好，生意一定不错吧。”阮倩茹说：“刚开张一个月，生意不是很好。你们有空帮他多拍几张照片挂在网上做免费广告。”小松说：“没问题，妈妈的朋友就是我们的朋友。”

那天，尔雅和小松到尤子陵店附近谈完业务特地来到尤子陵的店打算多拍几张照片发到微信和 QQ 的朋友圈里，完成阮倩茹给他们的任务。当他们走进馒头花园里，被尤子陵的杰作深深地吸引了。这些天，尤子陵为了扩展业务，又开辟了一个馒头动物园。店里除了有漂亮的馒头花以外，还有惟妙惟肖的小猪馒头、小兔馒头、小狗馒头、刺猬馒头、蝴蝶卷等。小松立即拿出照相机从不同的角度给馒头花和馒头动物拍照。他们挑出 12 张最满意的照片拿到马路对面的照相馆把照片打印出来，加膜后安放在馒头花园窗口的两侧。把尤子陵自己用毛笔写的“馒头花园”的纸店牌取下来，换上他们用电脑处理过的与两侧的照片相配的艺术字的店牌。馒头花园的店面在不到半天时间焕然一新。

小松这时仍然余兴未尽，边吃馒头边和尤子陵进行交谈。并把尤子陵介绍他的产品养眼养口养人的即兴演说录了像。随后，他们把录像和照片配在一起做成了一分钟的广告片。广告片在尤子陵店里的电视里播放了两遍，尤子陵很喜欢。小松一发不可收，把广告片拿到附近沃尔玛超市家电部请在这里工作的朋友在样品电视和电脑里反复播放。

第二天中午，方芳打电话给阮倩茹，谢谢尔雅帮尤子陵做的广告，她说今天上午不到十点原来卖一天的馒头全部卖光。因为不停有顾客前来购买，还有电话要求送货，尤子陵今天中午只好再一次发面，准备下午再蒸几笼。尤子陵还紧急招了两个工人帮忙。方芳也不得不来店里帮忙救急。

方芳最后还说，尤子陵店隔壁的卖烤鸭的老板也想请尔雅和小松去帮他们为门面整整容做做广告，劳务费面谈。

尔雅和小松没想到他们帮尤子陵引来生意的同时，也帮他们自己开拓了一个巨大的市场。他们从此和像尤子陵这样的小店老板成了好朋友。帮店老板们打造店铺门面，做标志广告，在网上发布商品信息。并制作小广告片在本店内电视机播放。有时候他们还把小广告片拿到理发店、饭店、商场、超市、家电维修店在电视电脑里播放。

这些小生意不仅填充了尔雅和小松广告公司业务的空当，也弥补了尔雅和小松思想上的空缺。他们从小店老板身上也学到了务实、勤劳、灵活的优点。公司的业绩一点点地增长。

十六

家庭聚会和回老家的旅行没有让系主任朱正东在选人用人上向瑶瑶倾斜，但确实让瑶瑶参加留校人员考试时多了几分自信和镇静。凭借自己的实力，瑶瑶毫无悬念地通过了留校人员的笔试。

面试的那天叶萍异常平静，她觉得瑶瑶参加面试只是走个过场，因为主面试官是朱正东。凭着女儿的优异的专业水平、出口成章的口才和随机应变的能力，只要面试官不偏向别人就能通过。何况主面试官可能会偏向女儿。

那天晚上，看到瑶瑶红光满面地回来，叶萍马上被感染，不等女儿坐下，叶萍就忍不住地问道：“面试难吗?”瑶瑶说不难。“你都答上了吗?”“都答了。”“面试官们都还满意吗?”瑶瑶说：“看起来都满意。”叶萍笑着问：“你的留校梦实现了?”叶萍以为瑶瑶这下要抱住她激动地说“美梦成真”。而瑶瑶说的是：“还差一步。”

叶萍急了，问：“怎么，还定不下来?”瑶瑶说：“朱教授说他不认为留校是我目前最好的选择。”

叶萍生气了：“他凭什么这么说？是不是你的最好选择你最清楚。只要你具备他的用人条件他就该说 Yes。”

朱教授这次回国是华盛顿大学跟华东大学的一个交流项目。他跟校方签了三年的合同，旨在培养一批尖端生物工程方面的人才，建立一个国际一流的生物医学工程实验室。印象中，好多中国学生尤其是女生会读书，应用知识和动手的能力比较差。今天的面试让他耳目一新，原来他只当瑶瑶是发小的女儿，今天才发现瑶瑶是一位难得的知识女性。决定推荐她到华盛顿大学读博士。

听了瑶瑶的解释，叶萍高兴地说你要去美国当洋博士了？太好了！瑶瑶说："我原来没想过出国，现在要我到美国去还有点儿紧张。"叶萍拍拍瑶瑶的背说："我的女儿没有问题的，朱教授慧眼识英雄。"

瑶瑶抱住叶萍说："谢谢妈对我的栽培、支持和鼓励。"

突然叶萍松开瑶瑶说："这是不是你爸爸的阴谋？"

瑶瑶说："妈妈你说什么？这么大的好事怎么会是阴谋？"叶萍说："你爸爸原来喜欢把他的狐朋狗友带到家里玩牌、打麻将，我当时很反感，他就咒我将来是孤老。你到美国去不应验了他的话了吗？"

瑶瑶说："妈妈你有我绝对不会当孤老。今天下午朱教授把我和爸爸叫到他办公室，他说如果你愿意，你也可以跟我一起去美国。我们俩可以住在他在美国的房子里，我的奖学金完全够我们俩的开销。"原来看到女儿如此优秀，黄自强从内心里感谢叶萍这二十几年来的培育。求发小帮叶萍办到美国陪读的手续，让叶萍继续照顾瑶瑶的生活，瑶瑶继续陪伴叶萍。

叶萍说："朱教授对你可真好。"瑶瑶说："他是有条件的，朱教授要我在那边好好学习，三年后回到华东大学来接替他在

这边实验室的工作。”

叶萍笑了：“接替他的工作，当别人的东风?”

瑶瑶说：“我就当我妈妈的东风，她想要什么我就给她吹什么来。”

叶萍说：“要谢谢朱教授对你的栽培。”

瑶瑶说：“这个星期再请他们来吃一顿?”

叶萍说：“好。这次要弄得更丰盛。”

瑶瑶说：“吃不完的要他们兜着走。”

叶萍停顿了一下说：“你爸爸这次确实出了力，这个星期的宴会也请他一起来。这次不让他出钱。我们俩来操办。”

瑶瑶说：“他只再假扮一次温柔老公。”

十七

方芳在尤子陵开店后半年就收回了她借给尤子陵治病的5万块钱。第7个月，尤子陵又送来8千块钱。方芳说：“5万块你已经还清了。”尤子陵说：“以后每个月我都交给你8千。我们一起攒钱给儿子买套婚房。”

尔雅有了积蓄。在爸爸来吃饭的那个周末，尔雅拿出两张银行卡交给阮倩茹和金夏，她说：“我先还你们一人两万块。我和小松继续加油，早晚把妈妈和奶奶的房子赚回来。”金夏说：“爸爸不要你还，只要你今后过得好，爸爸就高兴。我的一个徒弟在嘉定办了个厂子，要我去帮忙，包吃包住，还给两千块工资，加上我的退休金，足够我用了。”阮倩茹说：“我准备把这个房子的三年租期住满后到敬老院去住，我已经在几个敬老院都排上队了。现在有政府的大力支持，养老院越办越好了。你们俩好好做，有了钱攒起来今后在这附近买套小一点的房子结婚吧，这一段时间看下来我觉得小松这孩子还不错。”

金夏说：“没有婚房也可以结婚，你们俩一定要好好地过下去，不要学我们。”

尔雅感动地说：“谢谢爸爸妈妈。我们打算今年年底结婚。我们会好好努力，以后有钱了买个大别墅接你们一起住。”

金夏说：“你们现在先在心里建立起脚踏实地的别墅，在脑子里建一座真诚守信的别墅，公司才会越办越好，将来才能买用来居住的钢筋水泥的别墅。”

自从儿媳妇婷婷婚后生了孙子文博，王明耀就开始买菜、烧饭、煮奶瓶、洗尿布、抱孩子做起了全职爷爷。陈芸每天下午没事的时候去逗逗孙子，亲情和清闲都有了，也不耽误在家陪何清文。

在她暗暗为儿子当初的安排叫好时，儿子电话打来，说王明耀的腰扭了，想请她去帮忙。第一天、第二天陈芸早出晚归，在儿子家除了接替王明耀的全部工作外，还要照顾躺在床上休息的病人王明耀。第三天她觉得太累，就给何清文打了电话说晚上住在儿子家，省下来在路上花的时间好睡觉。

第四天一早，何清文叫了辆出租车来到陈芸儿子家，说要陪王明耀去医院看病。他说腰痛最好还是到医院拍个片子，找个好医生做做针灸、推拿或开点药吃，不要把小病拖成了大病。

到了医院何清文帮王明耀排队挂号，扶王明耀拍片，又陪

他做针灸和按摩治疗，帮他拿药，到午饭时间才送王明耀回家。走的时候叮嘱王明耀不要忘了吃药。

第五天早上，何清文带着在他们小区开按摩店的盲人按摩师来为王明耀按摩。两天后王明耀的腰果然好多了，走路时臀部不再歪向左边。又过两天，王明耀的腰好了，走起路来又灵活自如起来。

王明耀复工，陈芸回家。陈芸说："王明耀要我谢谢你。"何清文说："他的病好了，在家照顾孙子，你能安心回家，我谢谢他。"陈芸说："没听说你这样对老婆的前夫好的。"何清文说："老婆的前夫好，老婆的儿子孙子就好；老婆的儿子孙子好，我老婆就好；我老婆好，我也好。我这是曲线救我。"陈芸说："有你我真幸福。"

十八

每周七天的轮子又滚动了一圈，转眼又到了星期三。阮倩茹、方芳、叶萍和陈芸这次聚会算是给叶萍饯行。方芳对叶萍说："你运气真好，到美国去玩三年。"

叶萍说："是瑶瑶运气好，碰上了好教授。"

方芳说："我听瑶瑶说，你到美国去是黄自强的主意。"

叶萍说："黄自强是为他女儿，他知道瑶瑶离不开我，怕瑶瑶在美国吃不惯西餐，求他发小帮忙把我也弄过去。"

阮倩茹说："瑶瑶走了你也不习惯，黄自强还是体谅你的。"

叶萍说："金夏现在对你也不薄，把你的房子收拾得多漂亮。原来你还说金夏该千刀万剐，幸亏当时刀下留情。"

阮倩茹说："也是为了孩子。上个星期还说让尔雅和小松在那个房子里结婚，等以后有钱了再买婚房。"

方芳说："每个孩子生命的脐带，一头连着妈妈的心，一头连着爸爸的心。他或她的爸爸和妈妈不论有没有婚姻，不论在不在一个屋檐下过日子，爱他们的孩子是他们共同的本能，护他们的孩子是他们终身共同的事业。"

叶萍说："婚姻在，父母一手牵着对方，一手牵着孩子；孩子的一只手牵着父亲，一手牵着母亲，父亲、母亲和孩子形成环状连接。婚姻不在，父母之间牵着的手断开，但孩子还是一手牵着父亲，一只手牵着母亲，父亲、母亲和孩子形成直线连接。不论是环状连接还是直线连接，孩子的双手都握着爸爸妈妈满满的爱。"

方芳说："孩子的纽带作用不仅在婚姻内，也延伸到婚姻外。"

陈芸说："总结的精辟。来，为我们这些直线连接的爸爸、妈妈和孩子们干杯！"